少年心灵的故事丛书

情有义的

感恩 故事

现道德教育是各国教育发展的共同趋势。本丛书以中国传统文化为基础，整合了

于友情、亲情、智慧和感恩的各种故事，为读者献上了一道精美的文化大餐，

村让他们从这些事迹中感悟什么是友情、亲情、智慧和感恩

APTIME
时代出版

时代出版传媒股份有限公司
安徽文艺出版社

图书在版编目（ＣＩＰ）数据

有情有义的感恩故事 / 李超主编. — 合肥：安徽
文艺出版社，2012.2（2024.1重印）
（时代馆书系·感悟青少年心灵的故事丛书）
ISBN 978-7-5396-3916-1

Ⅰ．①有… Ⅱ．①李… Ⅲ．①故事－作品集－中国
Ⅳ．①I247.8

中国版本图书馆 CIP 数据核字(2011)第 216674 号

有情有义的感恩故事

YOUQING YOUYI DE GANEN GUSHI

出 版 人：朱寒冬
责任编辑：胡 莉 朱 懿　　　　　装帧设计：三棵树 文艺

出版发行：安徽文艺出版社　　www.awpub.com
地　　址：合肥市翡翠路 1118 号　　邮政编码：230071
营 销 部：(0551)3533889
印　　制：唐山富达印务有限公司　　电话：(022)69381830

开本：700×1000　1/16　　印张：9.75　　字数：164 千字
版次：2012 年 2 月第 1 版
印次：2024 年 1 月第 5 次印刷
定价：48.00 元

前　言

　　"感恩"是一种对恩惠心存感激的表示，是每一位不忘他人恩情的人萦绕心间的情感。"感恩"是一种处世哲学，是生活中的大智慧。感恩可以消解内心所有积怨，感恩可以涤荡世间一切尘埃。"感恩"是一种生活态度，是一种品德，是一片肺腑之言。

　　人的一生中，小而言之，从小时候起，就领受了父母的养育之恩；等到上学了，有老师的教育之恩；工作以后，又有领导、同事的关怀、帮助之恩。大而言之，作为单个的社会成员，我们都生活在一个多层次的社会大环境之中，都首先从这个大环境里获得了一定的生存条件和发展机会，也就是说，社会这个大环境是有恩于我们每个人的。

　　人生的道路曲折坎坷，不知有多少艰难险阻、挫折和失败。在危困时刻，有人向你伸出温暖的双手，帮你解除生活的困顿；有人为你指点迷津，让你明确前进的方向；甚至有人用肩膀、身躯把你攀起来，让你攀上人生的高峰……你最终战胜了苦难，扬帆远航，驶向光明幸福的彼岸。那么，你能不心存感激吗？

　　本书收录了多个国家的数十篇小故事，其主要内容是对亲人、友人、老师、社会和生活的感恩。相信其中的每一篇故事都能激起你内心深处的共鸣，那种真挚的没有杂质的情感定会影响你一生。一颗感恩的心，就是有一颗和平的种子，这是学会做人、成就阳光人生的支点。只要你胸中常常

有情有义的感恩故事

怀着一颗感恩的心，你就会慢慢拥有诸如温暖、自信、坚定、善良等美好的处世品格。自然而然的，你的生活中便有了一处处动人的风景。在感恩的空气中，人们可以认真、务实地从最细小的一件事做起；在感恩的空气中，人们自发地真正做到严于律己、宽以待人；在感恩的空气中，人们正视错误，互相帮助；在感恩的空气中，人们将不会感到孤独。

愿感恩的心改变我们的态度，愿诚恳的态度带动我们的习惯，愿良好的习惯升华我们的性格，愿健康的性格收获我们美丽的人生！

目 录

有情有义的感恩故事

1

GANWU QINGSHAONIAN XINLING DE GUSHI CONGSHU

有情有义的感恩故事

聋子演说家

[美国] 乔·古德尔特

简的丈夫杰罗姆是位内科医生，他们一起带着 18 个月大的儿子基尔到堪萨斯大学医疗中心请专家为儿子诊治。诊断结果是：他们的儿子是先天性耳聋，一只耳朵的听力缺欠为 100%，另一只耳朵的听力缺欠为 95%，手术于事无补，助听器只能使他听到嗡嗡声。最后，耳鼻喉科专家说："我建议你们送他到聋哑学校去。他根本没法学说话。如果听不见别人说话，那么语言是什么东西对于一个孩子来说是很难想象的。"

那一天，驱车回家的 5 个小时里，真是凄楚而悲酸。简抱着基尔，痛苦万分。他将永远也听不到父母和两个哥哥的声音了。基尔的大哥凯文 11 岁，二哥柯特 9 岁。基尔难道一生都不会说话了？杰罗姆同样忧心如焚。简说："怎么能把他送走呢？他是我们的小儿子，我们是一家人呀！"

突然，简想起教区牧师在最近一次布道会上说："如果上帝在你走的路上放下一座山，那么你绝不应该坐在山脚下哭号，而应该勇敢攀登。"思索着这段话的含义，简坚定了她做出色母亲的意志，她对自己说："我一定要想办法让基尔学会说话！"

为了达到这个目标，简在离家一个多小时车程的萨莱纳，找到了一个专门教授有听力缺陷儿童的老师，这位老师答应每周给基尔上两次课。她又找到了住在两小时车程以外的另一位老师，这位老师答应每星期上一次课。

为了鼓励全家人，凯文和柯特在冰箱上贴了不少口号："努力实现你的目标！""在哪里生根，就在哪里开花。"父母非常赞成他们的做法，并在家里悬挂了一块告示板，上面写着"卡利科家庭游戏计划"，谁都可以在上面任意添加格言、谚语、漫画和建议。

一年之内，简开车接送基尔上课的路程多达 1.8 万英里。这绝不是一件轻松的事儿，因为基尔坐车既不老实，也听不见任何批评和解释。有一次，他玩弄后座上的香烟点火器，险些造成一场火灾。最可怕的一次，母子俩在一个冬天的下午，遭遇了暴风雪的袭击，前面的路看不清，简不停地祷告着，在暴风雪中一寸一寸地摸索前进，基尔在一旁吓得大哭不止。

简凭着顽强的意志，终于带着儿子摸回了家。丈夫杰罗姆说："这样下去是不行的，放弃吧！"就在简要表示同意的时候，她忽然看见告示板上写着："坚持到底就是胜利。我们会成功的！"于是她对丈夫说："我们必须成功。"

全家人都明白，基尔的一生将取决于他们的协助和努力，因此全家人个个都抢着向他灌输语言的含义。基尔聪明、好奇、精力充沛。只要坚持教他，基尔的学习潜力非常大。

基尔的老师建议说："要先教他学'开'字，给他示范，要准备重复一万次。对患先天性耳聋的人来说，学会第一个字，必须重复那么多次才行。"

罐子、盒子、钱包、礼物、糖果，凡是能够开启的东西，都被调动起来。简、丈夫和两个儿子，先把东西放到自己嘴边让基尔看看，然后在打开物品的时候说"开"字。为了让基尔活动舌头，简往他的唇边涂抹花生酱，叫他舔净。要是基尔哭泣，简也不制止。她知道，哭能锻炼声带，能为日后的说话奠定良好的基础。

基尔三岁半的一天下午，简和他坐在一起开着盒子。她把一只小盒子拿到唇边，嘴里一边说"开"字，一边揭开了盒盖。盒子里装着一瓶香水，简把手放到香水瓶盖上，又把瓶子贴到唇上说"开"字，接着她又开启了瓶盖。

基尔目不转睛地注视着妈妈的举动，并开始模仿简的嘴唇动作。突然，他发出了一个声音，虽然有些杂声，但仍依稀可辨那是一个"开"字。

简拿起另一只盒子，举到唇边，揭掉盖子。"开——"基尔又重复了一遍。

简高兴地抱起儿子，在房间里欢呼大叫。随后，她扑到电话机旁，打通了丈夫的电话，她说："杰罗姆！你听着！"她接着做着开盒子的动作，并鼓励基尔说话。这次，他准确地说了"开"字。

杰罗姆听到后高兴地叫起来："他说话了！基尔能说话了！"

看到话语能够让父母开心快乐，基尔也非常高兴。他盯着父母的嘴唇，学说着一个又一个的新词——"妈妈"、"爸爸"、"牛奶"、"电灯"、"火车"，然后自己反复训练，直到熟悉为止。

但是，光会单词还远远不行，必须学会说句子才行。于是，简又想出了一个办法，她把家里的一切东西都贴上标签，并从杂志上剪下数百张图片，制成了词卡。她还用不同的颜色来区分词性，名词为红色，动词为绿色。她让基尔用词卡练习遣词造句。当他说出第一句话"开——盒——子"的时候，简真的开心极了，她知道基尔已经不再是聋哑人了。

基尔4岁那年，经过杰罗姆和校董事会的努力，贝洛依镇终于聘到了一位聋哑老师，基尔得以和其他两名聋哑儿童一起上学前班。老师立即开始教她的学生学习哑语。很快，卡利科一家就发现，教基尔学习说话的努力并没有白费，因为在三个学生当中，基尔是唯一一个能够升入普通小学念一年级的孩子。开学那天，简高兴地想："我们翻过山了。"

同学们开始还对基尔挺友好，后来便把他放在操场上不管了，因为他只说不听，所以在认识游戏规则方面，表现出非常大的困难。基尔对母亲哭诉道："他们以为我有了助听器，就什么都能听到了。"

听到弟弟的诉说，凯文建议说："把我那盘磁带放给基尔的同学听听怎么样？"他最近准备了一篇《如何教耳聋儿童说话》的讲演稿，并录制了一盘基尔说话声音含糊不清的磁带。放完磁带后，凯文对基尔的同学解释说，那就是他那位身上装着扩音器的弟弟所能听到的全部。

自那以后，基尔交起朋友来容易多了，但听课仍然困难重重，常常流着泪冲出教室。一天，学校打电话给基尔的妈妈，要她把那个惹祸的儿子带回家去管教。简恩请校方在基尔心情烦躁的时候，叫他到校长办公室里去学习，那样就会提醒基尔自我克制。

在以后的几年里，基尔在凯文参加的"四增"演说活动中充当助手，因而锻炼了信心。凯文的演说在堪萨斯州的演讲赛中赢得了紫色缎带，很多演讲会纷纷请他登台演讲。两个孩子在州内做了大量的旅行。基尔在大

庭广众之中表现得稳重沉着，不断地举起题卡，与凯文配合得非常好。

有了配合哥哥的经历，10岁的基尔决定自己也参加"四增"演讲赛。他觉得，只要精心准备，背熟演讲词，他完全能让陌生人听懂他的演讲。但是简却担心，基尔的演讲会使他遭受打击。她的担心很快便得到了证实。在演讲初赛的时候，一位女评委就给基尔的演讲评了个"差"，理由是："他说的话既听不清，也听不懂。"

基尔出师不利，心情自然非常沉重。在回家的路上，他想："老师为什么不把结果写在纸上呢？为什么非要我在同学面前丢丑呢？"

父亲知道了这件事后，劝儿子说："你也许应该放弃当众演讲的念头。"

"不，"基尔坚决地说，"我想帮助聋哑人，为了实现这个目的，我首先得说出他们的心里话。我想再次从卡利科家庭游戏计划开始，并且坚持到底。"

在另一项"四增"俱乐部组织的活动中，基尔养了一只拉布拉多小猎犬，名叫莱德。这只小狗以后将成为导盲犬。按照活动要求，基尔必须登台演示自己驯狗的成绩。

这天，简和杰罗姆坐在观众席上，望着演示厅里黑压压的人群，心里非常担心。杰罗姆悄声对简说："小狗看到这么多人一定会不知所措的。"简却叫他放心。

轮到基尔和莱德登场了，面对众多的观众，基尔收紧了牵狗的皮带，像一位经验丰富的老驯狗师那样一边指挥小狗，一边向观众解释小狗的每一个动作。演示完毕，基尔搂着小狗说："好——样——的，莱德。你表演得太好了！"

看到这个残疾儿童，为了帮助其他的残疾人驯狗，评委和观众都感动了。突然，不知是谁先喊了一声："好样的，基尔！"观众站起来，向这位与众不同的少年和他的狗欢呼。

一天晚上，基尔和父母一起开车赶路。看见一辆汽车拦腰撞到一列铁路货车上。第二天清晨，基尔知道了六名少年在撞车事件中受了重伤，他难受极了，因为两年前，他的一位老友就是这样死于车祸的。

母亲跟基尔解释说："铁路当局说了，没有必要在公路和铁路交会处设置自动信号灯。"基尔却对母亲说："但是他们为什么不在铁路货车的两侧涂刷反光条纹，好让驾驶汽车的人看清火车呢?"

母亲觉得基尔的提议不错，就鼓励他说："你就动手调查一下吧!"

不久，基尔了解到这个建议已经有人提过了，而且州立法机关正在酝酿通过一项强制涂刷反光条纹的法案。但截至目前，尚无结果。

基尔的调查表明，仅在 1988 年，在堪萨斯州的公路铁路交会处就发生了 110 起汽车与火车相撞事件，造成 16 人死亡，39 人受伤。他又到五金店打听了反光涂料的价格。计算结果表明，在铁路货车两侧涂刷一道 1 英尺宽的反光条纹，只需花费约 32 美元。

基尔写了一篇演讲稿，并准备了模型火车，汽车与火车相撞后的照片，还有报道撞车那些事件的电台节目录音。为了让自己的演讲更加完美，他反复练习背诵演讲稿，还请母亲帮他纠正了每一个字的发音。

这时，堪萨斯州立法机关也开始讨论要求铁路货车涂刷反光条纹的议案。卡利科全家出动，到州府所在地游说。基尔发出的紧急呼吁，受到了立法委员们的赞许，但他们有些担心地说："要击败那些来自全国各地的铁路政客，可不是轻而易举的。"

果然，议案未能通过，但是基尔说："我绝不认输。"他接着发动了一场书信攻势，而且还在州内向各种组织发表他的关于铁路事故的演讲。

1991 年 9 月，这位 15 岁的少年在堪萨斯州的演讲比赛中击败了所有其他对手，荣获了一等奖。全州 44 家报纸都报道了他那篇呼吁铁路当局涂刷反光条纹的演说。

基尔的演讲声音虽然单调，但是每一个字都清晰可辨，他在演讲中说："这可是一个拯救生命的呼吁，我决心为此而奋斗。"

基尔，这位天生耳聋并被判定永远也说不了话的少年，在母亲的帮助下成为一位优秀的演讲家。

星期一下午的素描

佚 名

在我 9 岁的时候，母亲离开破产的父亲远嫁给芝加哥的一位富商。事业、婚姻接连受挫的父亲从此一蹶不振，我成了实实在在的弃儿。我几乎在一夜之间长大，同时也认识了这个世界的冰冷无情。

新到的班主任罗妮是一个 20 岁的大姑娘，虽然她有一头瀑布似的黑发，笑容也很亲切，但我对她有种天生的抵触情绪：她的样子跟我妈妈太相似了！罗妮每次都以最大的宽容来对待我的反叛，我对此不屑一顾。

罗妮老师教我们美国近代史。除了我，好像所有人都认为她的课讲得棒极了，这些肤浅的同学，他们往往以貌取人。

记得三年级快结束时，有一天放学后，我在街上闲逛够了回到家，看到罗妮老师和爸爸聊得正开心。我对罗妮的讨厌突然变本加厉，冲过去就朝她怒吼："别在我爸爸面前胡说八道！"罗妮老师很尴尬地走了，父亲为此又狠批了我一顿，这更增添了我对她的反感。

其实，我也知道不该去酒吧喝酒跳舞；不该逃课满世界瞎逛没有一点淑女的样子；更不该把对妈妈的仇恨全部发泄到罗妮老师身上。但这些想法都是在我晚上独自躺在床上时才有的。

四年级时，班上来了个叫汉姆的素描老师。他一头金黄的鬈发，穿一件花白的牛仔衣。简单的自我介绍后，汉姆老师转身在黑板上画了起来。三分钟后，他转过身用深邃的目光看着我，全班的同学也一起把目光投向我。黑板上是一个歪着嘴巴嚼着口香糖、跷着二郎腿的女孩——汉姆老师画的是我。虽然同学们都发出轻蔑的耻笑声，但我却很喜欢这幅画，那是真正的我！汉姆老师接下来说："这个女孩很特别，有一种成熟的忧伤和纯真！"对一个 12 岁的女孩来说，被别人夸作特别和成熟是一件多么自豪的事情。

汉姆老师为我画的素描深深地留在了我的心里。我坚信，再没有人比

他更了解我。我决心好好学习素描，在汉姆老师的课堂上绝不捣蛋，绝不逃课。

我买了大量的素描纸、铅笔，还有画夹，不分时间地点地学习素描。

其实，只要真正爱好一件事情，用心就会做得很好。我突然变成了素描迷，关注学校的每一场画展，省下零用钱买来很多素描指导书。虽然我的其他课程每门都是最后一名，但我的素描在班上已无人能比。汉姆老师很欣赏我，这也是我努力学习素描的重要原因。

我开始盼望周一下午素描课的到来；期待汉姆老师抱着大画架走进教室；想象着他在讲台前站定，打量教室一圈后将深邃的目光投到我的身上，我深深陶醉于他每次轻轻扬起我的素描宣布："南希的素描又是最好！"

汉姆老师说过："一个人的一生只要成就某一方面的伟大，那他就是伟大的。"我对此深信不疑，我要为汉姆老师而成为伟大的素描画家。

然而，六月的一个下午，我却在一家商场发现了汉姆老师和罗妮老师在一起，他们亲热地牵着手。我绝望地跑回家大哭了一场。为什么一切美好的东西都会被别人抢走，而我什么也没有？

第二天下午是罗妮老师的历史课，那天她穿了条紧身的粉色毛线裙，幸福写满全身。我从抽屉拿出一张大 16 开白纸，削尖了红铅笔就开始在纸上画，我要把罗妮画成丑八怪：腰和臀一样粗，胸部袒露在外，笑容恐怖——尽管罗妮老师身材高挑、眼睛美丽、笑容灿烂。画完后，我满意极了，用黑铅笔在下面写上"罗妮女巫"。我幸灾乐祸地抬起头，罗妮老师还在讲台上讲得很起劲呢。我又拿出心爱的蓝铅笔，在"女巫"右边开始认真地勾画：披肩的鬈发、坚毅而又立体的下巴、修长的腿……画完后，我自己都惊呆了：我对汉姆老师的样子竟然这么熟悉！我兴奋地在汉姆老师的画像上虔诚地写下"汉姆王子"。

再次抬起头，罗妮已经站在了我的身边，全班三十几双眼睛都盯着我。我低下头，无奈地摊开双手，"女巫和王子"轻轻地从我的桌子上飘到罗妮的手中。我相信这绝对是我的刑场。

"从来没见过这么好的素描！"我突然听见罗妮老师清脆的声音自前方响起。我抬起头，她正用赞赏的眼光看着我："南希，你的素描真的很棒！

能把自己画得这么惟妙惟肖，证明你一定能成功！"同学们吵着要看我的自画像，罗妮却说："我请汉姆老师给这幅画打了分了再给你们看。"我无地自容，我把她画得这么丑，她居然还在同学们面前维护我的自尊。

星期一的素描课，汉姆老师举着一张大 16 开的素描纸，再次把目光定格在我的脸上："南希的素描又是最棒的！"同学们争先恐后地开始传阅那张素描。我看见了纸上的女孩：双手插在裤兜里，头高高地昂着，微风将她的长发轻轻吹起，她的脸上充满幸福和自信。画像写着"南希自画像"。汉姆老师大声地表扬道："能把自己的样子画得如此深刻、真实，还有什么事会难倒你？"教室里响起了热烈的掌声，我却将头埋得低低的。

后来，汉姆老师私下里夸我那幅画像画得好，我才明白，原来是罗妮老师为我画了像，并且什么都没跟汉姆讲。其实，最了解我最关心我的是我一直讨厌的罗妮老师……

多年后，我已是纽约有名的素描画家，罗妮老师为我画的那幅画一直在我身边。是的，13 岁的那个星期一下午，我终于重新认识自己。我终于感到自己不再不幸，也不再是一个人。而且，我知道了学好素描的同时也要学会做人，我要用成功去报答罗妮老师为我所做的一切。如果每个曾经受到伤害的孩子都能遇到罗妮那样的好老师，那么他们的人生也一定会美到极致。

其实你不懂我的心

[美国] 拉妮·西普利

他是一个孤独的老人，好像已经没有一个亲人；拉妮是一个年轻的姑娘，与自己的父亲早已不再联系。所以他们一见如故。

他们是拉妮在一家康复中心义工培训班上课的那天相识的。拉妮走上台阶时，看见一个头发花白的老人坐在轮椅上。他看见拉妮走进玻璃门，便使劲将自己的轮椅摇到门边，然后很绅士地拉开门，对着拉妮微笑说："我叫瑞姆。"

拉妮说："我叫拉妮，是新来的义工。"她注意到，虽然他戴着深度眼镜，也掩盖不住他眼里的亮光。他高兴地说："啊，你将是我的'布芭'。"见她疑惑他又解释说，"那是我家乡人对家里最小孩子的爱称。"

拉妮说："我很喜欢这个称呼。"她觉得他是真心的。他对拉妮的态度是这么温和热情，一点也不像自己父亲那样。

每个星期三，当拉妮来到康复中心学习时，瑞姆总是等在门口为她开门。义工培训班的老师萨兰是一位生气勃勃的女士，充满了同情心和敬业精神，她对老年人的社交和感情需求有深刻的理解，拉妮跟她学了很多知识。

义工培训班结束后，分配给拉妮照顾的病人中没有瑞姆，但她可以在工作以外的时间常去看望他。

瑞姆总是热切地招呼拉妮："嗨！布芭。"渐渐地，他们熟悉起来。当拉妮向瑞姆谈起她的丈夫时，他告诉她，他也有家。他说："我们决定不离婚。"

拉妮问："你们有孩子吗？"

"啊，当然有。"

"他们常来看你吗？"拉妮又问。

"啊，是的，他们常来。"他说着，眼睛转向了别处。可是拉妮从没见到谁来看过他。也许他的家离这儿太远，他们不能常来。

每周，他们都在一起度过一些时光。他有哮喘病，拉妮给他买维生素C，常送他一些小礼物。他教她玩多米诺骨牌，把餐后甜点留给她吃。他们的感情不断加深。

一天，当拉妮离开康复中心时，守门人看见瑞姆在门口向她挥手，对她说："你的父亲一定非常爱你。"

"他不是我父亲。"拉妮解释说。

拉妮的父亲从不和她玩多米诺骨牌，也没有餐后甜点留给她吃，他太忙。大多数时候，她都极力不去想他，因为他伤害她太深了。但是，守门人的话引起了她的回忆。

在拉妮结婚的那天，父亲伤害了她。当时乐队演奏一首华尔兹，主持人走到麦克风前说："现在，我们请新娘和她的父亲跳一曲。"

每个人都满怀希望地望着父亲，但父亲却说："不！"他转过身去离开了大厅，把拉妮扔在了人群里。

自从那天之后，拉妮淤积在心中的种种怨恨成为她压倒一切的情感：她怨他不像其他家长那样到学校来参加活动；恨他常常威胁说要丢下肩上的负担，离开拉妮和她妈妈。这次拉妮可以离开他了，她确实这么做了。

那是发生在5年前的事。这5年中，拉妮不时地想起这事，也曾想过与父亲重归于好。但是那样做太尴尬，太别扭。无论如何，现在她有了瑞姆。

一天，拉妮开车来到了康复中心，瑞姆没有在门口里等她，她顾不上摆正车子就急急忙忙冲上台阶。她来到他的房里，房间空着，没有轮椅，床铺整整齐齐。她冲出房间，到了护士值班室。

"瑞姆在哪儿？"拉妮急切地问。

护士说："昨晚他被送进了医院，他的哮喘病又犯了。"

"哪家医院？"

"我查一下。"护士边翻看记录边问，"你是他的家人吗？"

"我是他的……朋友。"拉妮咬着嘴唇，几乎就要说出"女儿"了。护士把医院的名字告诉了拉妮。

到医院去的路似乎永远也走不到头。拉妮终于找到了瑞姆的房间。在门口，她突然停了下来：他的睡衣被解开了，身上插满了管子。他看起来在发烧，很不舒服。他转过头来发现了拉妮，说："布芭，我知道你会找到我的。"

拉妮哭起来，说："瑞姆，你不在那儿，我真的吓坏了。"

"过来，布芭，我没事。"他尽力伸出手来，拉妮在他的床边坐下，把头伏在他宽阔的胸前。

"没事，布芭，你来了，"他说，"你来看我就好。"他拍拍拉妮的背。她渐渐地平静下来。

探视时间过了，拉妮说："我明天再来看你，瑞姆。"

"好的，布芭。"他回答说。

第二天早上，拉妮正在吃饭，电话铃响了。她拿起电话，是萨兰打来的，她说："拉妮，我们一般不这样做，但是我不想你从报上看到那个消息，我知道你和瑞姆相处得非常融洽，他昨天去世了。"她的手紧紧地握住了听筒，往墙上一靠，碰下了墙上的挂历。

"那不可能，"拉妮叫了起来，"我昨天还和他在一起。"

萨兰肯定地说："我知道，拉妮。几小时后，他就去世了。"

挂上电话，拉妮慢慢地走到外面，买了一份报纸，翻到布告栏，仔细读着瑞姆·奥布里思的生平介绍。他确实有老伴和儿女，他有6个儿子、6个女儿，而且，除了两个儿女之外，所有子女都住在这一地区。然而，拉妮却是最后一个和他在一起的人。

拉妮又给萨兰打了电话，问："告诉我，为什么他的家属不来看他？为什么我是唯一常去看他的人？"

萨兰犹豫了一会儿，终于说："我告诉你一些事，我想，你应该知道。瑞姆曾经酗酒成性，醉了就打妻子和儿女。当他住到中心来以后，他们就再也不想看到他了。"

"不！我不相信！"拉妮叫道。她记起了瑞姆不愿意谈到他的家庭，但她怎么也不相信这个可爱的老人曾是个酒鬼。

"这是真的，"萨兰肯定地说，"但其他的事也是真的。瑞姆初到中心时，曾告诉我他的过去。那时他对自己很不满意。他从小就受虐待，很自卑，他认为喝酒能帮自己从自卑中解脱出来。但是适得其反，酒精反而加重了他的自卑感。于是，他将愤怒向家人发泄。虽然他一次向上帝请求宽恕，他也想请家人宽恕他，但是一切都太晚了，他的家人伤透了心，再也不想见到他了。"

"我把他当父亲看待。"拉妮用发抖的声音说。

"你说得对，瑞姆也把你当女儿看待。他这样告诉过我，你给了他一个感受宽恕的机会。我觉得是上帝有意安排你去安慰一个痛苦孤独的老人，这个老人在世上除了后悔以外，已经一无所有。"

放下电话后，拉妮的心情像铅一样沉重。瑞姆和他的子女已经疏远了，就像拉妮和她的父亲一样。在父母和子女之间究竟发生了什么？为什么在最亲密的人之间，往往会发生这种最伤感情的事？

拉妮从地上捡起碰掉的日历。它正好翻到了6月的那一页，那是一个小女孩和她的父亲外出钓鱼的照片。很久以前，父亲也曾带拉妮去钓过鱼。

那是一次美好的记忆，一次被她埋进了积怨之下的记忆。她想到那些美好的记忆，想到她曾经历过的日子，她开始觉得自己太不理解父亲，太不懂得宽恕了。

拉妮的父亲很小的时候就失去了母亲，他的童年是在地里干活中度过的。他没读过高中，成家后又不得不拼命干活养家糊口。后来他自己做生意，常常到深夜才休息。由于他这么拼命干活，她才能有钱上大学。

拉妮小时候问父亲为什么总要干活，父亲说："这样你长大了才不会像我一样吃苦。"

渐渐的，拉妮从回忆中清醒过来，思绪回到她的婚礼上，那最后的一件痛苦事情。这时，她才想起有人曾为父亲的行为辩护过，她当时感觉太受伤而根本没注意到：那天她父亲穿了他生平第一件晚礼服，第一次亲身感受到他拼命干活想过上的好一点的生活。那一切对他来说太陌生了，他极不适应，而且他根本就不会跳舞。

拉妮将挂历挂回墙上，拿起了电话，她迫切地要和父亲说话。

胡桃木餐桌

[美国] 比利·波特菲洛

比利的父亲是一名钻井工人。只要钻塔在动，收入总是不差。可是每钻完一口油井，钻油工人就要到一个新的地方去钻新的油井，所以比利他们要经常搬家。

比利的父亲在工作之余也做杂工——管理已开采的油井和油灌场。他的工作稳定，每星期都会领到薪水，公司还给他们家安排了住房。

比利的父亲在俄克拉荷马州的草原上长大，所以他非常喜欢马和骡子这两种动物。在得克萨斯州时，父亲买了一匹马，起名为"战云"。它是他的心肝宝贝。每天黎明时分，上班之前，他总要在马棚里待上个把钟头，给它添食，为它刷毛。傍晚，他会骑马驰骋，直到日落。

马棚里装了各种设备：自来水、盐砖、饲料箱、不同厚薄的毛毯，还有个柜子，里面放了马生病时可能需要的各种药，还有一台赶苍蝇的风扇。

比利的母亲认为马棚的条件比他们家的住房还要好。她想把住的地方弄得好一些，便钩织了一些椭圆形小地毯，铺在客厅和卧房。可是她还不满意。她一直想拥有一套漂亮的餐桌和椅子。他们现在的餐桌是邻居送的，很粗糙，没上漆。

有一天，她在邻镇看到一张刷漆的胡桃木餐桌和六把椅子。她想如果把这套桌椅放在家里，再铺上白花边的桌布，一定很美！但这套桌椅要100元，比利的父亲绝不会同意买。

比利的母亲有洁癖，总是辛勤地忙着家务。她身体一直不好，比利的父亲买"战云"那年的秋天，她病倒了。

一个墨西哥老医生到家里替她看病，才知道她本来就贫血，还吃了腐烂的东西，导致她昏迷不醒。孩子们以为她会死，但她却苏醒了过来。

邻居费·陶波特为了照顾她，搬过来与她一起住。每天医生都来看她，他说没什么可做的了，唯有等待和祷告。

一天早上，比利的父亲走进马棚，不停地祷告：只要我妻子能康复，让我干什么都行。我可以卖掉"战云"，买回她想要的那套餐桌。

比利母亲的病情开始好转了，当她可以下床走路那天，比利的父亲把"战云"带到牧畜市场卖掉了，然后喝了个酩酊大醉。

父亲为什么会醉酒？比利想可能是因为他自怜自悯，觉得自己一时失去理智，向上帝许了那样的愿。在生死关头，他宁愿选他的妻子而不要他的宝马；但是现在死神走了，妻子可以走路了，他也许认为他本可以鱼与熊掌兼得。

父亲喝醉之后来到家具店，买了那套餐桌和一张白色花边台布。他回到家，几个孩子帮他把桌椅摆好。然后他去扶比利的母亲起床，带她走进饭厅，要给她一个惊喜。

"怎样，"他问，"你觉得怎样？"

母亲的心激动得几乎要跳出来，但是她马上认出这不是她想要的那套桌椅。这套俗气的家具不是胡桃木做的，只是橡木，刷成淡黄色。

她不停地称赞漂亮，然后幸福地靠在丈夫的身上。

那套餐桌椅她用了37年，不论他们家搬到哪，她都带着。有一天，她把清漆刮掉，发现里面的天然木纹其实很好看，再刷上她一直想要的胡桃木色。母亲去世之后，比利的姐姐把餐桌放在她家饭厅。

孩子们知道母亲说得对：上漆也好，不上漆也好，父亲买的餐桌实在漂亮极了。

小提琴的力量

[澳大利亚] 布里奇斯

每天黄昏的时候，我都会带着小提琴去尤莉金斯湖畔的公园散步，然后在夕阳中拉一曲《圣母颂》，或者是在迷蒙的暮霭里奏响《麦绮斯冥想曲》。我喜欢在那悠扬婉转的旋律中编织自己美丽的梦想，小提琴让我忘掉世俗的烦恼，把我带入一种田园诗般纯净恬淡的生活中去。

那天中午，我驾车回到离尤莉金斯湖不远的花园别墅。刚刚进客厅门，我就听见楼上的卧室有轻微的响声，那种响声我太熟悉了，是我那把阿马提小提琴发出的声音。"有小偷！"我一个箭步冲上楼，果然不出我所料，一个大约十二岁的少年正在那里抚摸我的小提琴。那个少年头发蓬乱，脸庞瘦削，不合身的外套鼓鼓囊囊，里面好像塞了某些东西。我一眼瞥见自己放在床头的一双新皮鞋失踪了，看来他确实是个贼。我用结实的身躯堵住了少年逃跑的路，这时我看见他的眼里充满了惶恐、胆怯和绝望。就在刹那间我突然想起了记忆中那块青色的墓碑，我愤怒的表情顿时被微笑所代替，我问道："你是拉姆斯敦先生的外甥鲁本吗？我是他的管家，前两天我听拉姆斯敦先生说他有一个住在乡下的外甥要来，一定是你了，你和他长得真像啊！"

听见我的话，少年先是一愣，但很快接腔说："我舅舅出门了吗？我想我还是先出去转转，待会儿再来看他吧。"

我点点头，然后问那位正准备将小提琴放下的少年："你很喜欢拉小提琴吗？"

"是的，但我很穷，买不起。"少年回答。

"那我将这把小提琴送给你吧。"我语气平缓地说。

少年似乎不相信小提琴是一位管家的，他疑惑地望了我一眼，但还是拿起了小提琴。临出客厅时，他突然看见墙上挂着一张我在悉尼大剧院演出的巨幅彩照，浑身不由自主地战栗了一下，然后头也不回地跑远了。我确信那位少年已明白是怎么回事，因为没有哪一位主人会用管家的照片来装饰客厅。

那天黄昏，我破例没有去尤莉金斯湖畔的公园散步，妻子下班回来后发现了我这一反常现象，忍不住问道："你心爱的小提琴坏了吗?"

"哦，没有，我把它送人了。"

"送人? 怎么可能! 你把它当成你生命中不可缺少的一部分。"

"亲爱的，你说的没错。但如果它能够拯救一个迷途的灵魂，我情愿这样做。"

看见妻子并不明白我说的话，我就将当天中午的遭遇告诉了她，然后问道："你愿意再听我讲述一个故事吗?"妻子迷惑不解地点了点头。"当我还是一个少年的时候，我整天和一帮坏小子混在一起。有一天下午，我从一棵大树上翻身爬进一幢公寓的某户人家，因为我亲眼看见这户人家的主人驾车出去了，这对我来说正是偷盗的好时机。然而，当我潜入卧室时，我突然发现有一个和我年纪相当的女孩半躺在床上，我一下子怔在那里。那个女孩看见我，起先非常惊恐，但她很快就镇定下来，她微笑着问我：'你是找五楼的麦克劳德先生吗?'我一时不知说什么好，只好机械地点头。'这是四楼，你走错了。'女孩的笑容甜甜的。我正要趁机溜出门，那个女孩又说：'你能陪我坐一会儿吗? 我病了，每天躺在床上非常寂寞，我很想有个人跟我聊聊天。'我鬼使神差地坐了下来。那天下午，我和那位女孩聊得非常开心。最后，在我准备告辞时，她给我拉了一首小提琴曲《希芭女王的舞蹈》，见我非常喜欢听，她又索性将那把阿马提小提琴送给了我。就在我怀着复杂的心情走出公寓、无意中回头看时，我发现那幢公寓楼竟然只有四层，根本就不存在所谓的居住在五楼的麦克劳德先生! 也就是说，那女孩其实早知道我是一个小偷，她之所以善待我，是因为想体面地维护我的自尊！后来我再去找那位女孩，她的父亲却悲伤地告诉我，患骨癌的她已经病逝了。我在墓园里见到了她青色的石碑，上面镌刻着一首小诗，其中有一句是这样的：'把爱奉献给这个世界，所以我快乐！'"

三年后，在墨尔本市高中生的一次音乐竞技中，我应邀担任决赛评委。最后，一位叫梅里特的小提琴选手凭借雄厚的实力夺得了第一名。评判时，我一直觉得梅里特似曾相识，但又想不起在哪里见过。颁奖大会结束后，梅里特拿着一只小提琴匣子跑到我的面前，脸色绯红地问："布里奇斯先生，您还认识我吗？"我摇摇头。"您曾经送过我一把小提琴，我一直珍藏着，直到有了今天！"梅里特热泪盈眶地说，"那时候几乎每个人都把我当垃圾，我也以为我彻底完蛋了，但是您让我在贫穷和苦难中重新拾起了自尊，心中再次燃起了改变逆境的熊熊烈火！今天，我可以无愧地将这把小提琴还给您了……"

梅里特含泪打开琴匣，我一眼瞥见自己的那把阿马提小提琴正静静地躺在里面。梅里特走上前紧紧地搂住了我，三年前的那一幕顿时重现在我的眼前，原来他就是"拉姆斯敦先生的外甥鲁本"！我的眼睛湿润了，仿佛又听见那位女孩凄美的小提琴曲，但她永远都不会想到，她的纯真和善良曾经怎样震颤了两位迷途少年的心弦，让他们重树生命的信念！

马戏团

[美国] 丹·克拉克

当我还是个少年的时候，父亲曾带着我排队买票看马戏。排了老半天，终于在我们和票口之间只隔着一个家庭。这个家庭让我印象深刻：他们有8个在12岁之下的小孩。他们穿着便宜的衣服，看来虽然没有什么钱，但全身干干净净的，举止很乖巧。排队时，他们两个站成一排，手牵手跟在父母的身后。他们很兴奋地叽叽喳喳谈论着小丑、大象，今晚必定是这些孩子们生活中最快乐的时刻了。

他们的父母神气地站在一排人的最前端，这个母亲挽着父亲的手，看着她的丈夫，好像在说："你真像个佩着光荣勋章的骑士。"而沐浴在骄傲中的他也微笑着，凝视着他的妻子，好像在回答："没错，我就是你说的那个样子。"

卖票员问这个父亲要多少张票，他神气地回答："请给我8张小孩的、两张大人的，我带全家看马戏。"

售票员开出了价格。

这人的妻子扭过头，把脸垂得低低的。这个父亲的嘴唇颤抖了，他倾身向前，问："你刚刚说是多少钱?"售票员又报了一次价格。

这人的钱显然不够。

但他怎能转身告诉那8个兴致勃勃的小孩，他没有足够的钱带他们看马戏?

我的父亲目睹了这一切。他悄悄地把手伸进口袋，把一张20元的钞票拉出来，让它掉在地上——事实上，我们一点儿也不富有!他又蹲下来，捡起钞票，拍拍那人的肩膀，说："对不起，先生，这是你口袋里掉出来的!"

这人当然知道原因。他并没有乞求任何人伸出援手，但深深地感激有人在他绝望、心碎、困窘的时刻帮了忙。他直视着我父亲的眼睛，用双手握住我父亲的手，把那张20元的钞票紧紧压在中间，他的嘴唇发抖着，泪水忽然滑过他的脸颊，说道："谢谢，谢谢您，先生，这对我和我的家庭意义重大。"

父亲和我回头跳上我们的车回家，那晚我并没有进去看马戏，但我们也没有徒劳而返。

午夜电话

[美国] 利斯蒂·克雷格

我们都知道午夜的时候突然来一个电话会是什么样的感觉。这个午夜电话也一样。我一听到电话铃响，就立刻从床上爬起来去抓话筒，同时看了看墙上的红色数字，午夜。当我抓住话筒的时候，各种各样的恐慌想法充斥着我睡意蒙眬的大脑。

"你好。"

我的心突然沉重地一跳，下意识地把话筒握得更紧些，眼睛注视着我的丈夫，此时，他正把脸转向我这一侧。

"妈妈？"由于静电干扰，我几乎听不见电话里的低语声，但是我立即想到了我的女儿。当电话另一端那个年幼带着哭泣腔的绝望声音变得越来越清晰的时候，我伸手握住了丈夫的手腕。"妈妈，我知道现在已经很晚了。但是，不要……不要说话，听我说完。在你问话之前，是的，我喝了酒。我一路驾车回来，跑了好多英里的路……"

我猛吸了一口凉气，松开丈夫的手腕，把手覆在前额上。睡意仍然搅扰着我的大脑，我努力压抑住内心的恐惧。有什么事情不太妙。"我很害怕。我所能考虑的是如果警察对你说我已经死了，这会对你造成多大的伤害。我想……回家。我知道离家出走是错误的。我知道你很为我担心。我几天前就应该给你打电话了，但是我害怕……害怕……"极度压抑着痛苦的啜泣声通过话筒灌注到我的心里面。我女儿的面孔立即浮现在我的脑海里，我的睡意蒙眬的意识变得清晰起来："我想……"

"不！请让我把话说完！我请求你！"她恳求道，声音里没太多的愤怒，但充满了绝望。

我住口不言，开始考虑该说些什么。这时她继续说："我怀孕了，妈妈。我知道我现在不应该喝酒……尤其是现在，但是我很害怕！"声音再次中断了，我咬着嘴唇，觉得自己的眼睛湿润了。我朝丈夫看了看，他正静静地坐在那里。他问："是谁？"我摇摇头，因为我不知道该如何回答。他跳下床，走出房间。几秒钟后拿着一台手提电话回来了。他把电话贴在耳边听着。

她一定听到电话里的咔嚓声了，因为她问："你还在听吗？请不要挂断电话！我需要你。我觉得很孤独。"我抓着话筒，注视着丈夫，寻求指导。"是的，我在听，我不会挂断的。"我说。"我早就应该告诉你，妈妈。我知道我应该告诉你，但是我们一谈话，你就只是告诉我我应该怎样做。你读过所有关于如何处理事情的小册子，但是一直以来，都只是你一个人在说。

你从不肯听我说。你从不肯听我告诉你我的感觉，好像我的感觉一点也不重要。因为你是我的母亲，你认为你知道所有的答案，但是有时候，我不需要答案，我只想有人听我说。"

我觉得喉间哽着一块硬块，眼睛注视着床头柜上放着的那本打开的《如何跟你的孩子交谈》的小册子。"我在听着呢。"我轻声说。

"你知道，我驾车回到这条路上来，才开始想到我的孩子，想保护他。接着，我看见这个电话亭，我仿佛又听到你说不应该喝酒，更不应该酒后开车的话。于是我叫了一辆出租车，我想回家。"

"你做得很对，亲爱的。"我说，我觉得心里的痛苦有所减轻。我丈夫坐得离我更近一点，把他的手指插进我的手指中。我从他的触摸中知道他心里想的和我一样，并且认为我说的恰到好处。

"不过你知道，我认为我现在能开车。""不行！"我猛咬了一下嘴唇，我的肌肉变得紧张起来，我紧紧地握住丈夫的手，"你要等出租车来。在出租车来之前不要挂断电话。"

"我只想回家，妈妈。"

"我知道，但是为了你的妈妈，你必须这样做。请你等出租车来。"

我听到电话里一片沉寂，心里很害怕。我听不到她的回答。我咬着嘴唇，闭上眼睛。无论如何，我必须阻止她亲自开车。

"出租车来了。"

仅仅在我听到电话里有人叫出租车的那一刻，我才感到如释重负。"我回家了，妈妈。"我听到电话"咔喀"一声挂断了，接着话筒里一片寂静。

我下了床，眼里盈满了泪水。我走过客厅来到十六岁女儿的房间里，黑暗、沉寂笼罩着房间里的一切。丈夫来到我的身后，用胳膊搂着我，他的下巴贴在我的头顶上。我擦去脸颊上的泪水："我们必须学会聆听。"我对他说。

他把我的身体扳过去面对着他："我们会学会的，你就瞧着吧。"然后他把我拥进怀里，我把头伏在他的肩膀上。过了一会儿，我站直身子，注视着女儿的床。他深思了一会儿，然后问道："你认为她会知道她拨错号码了吗？"

我看着熟睡中的女儿，然后转向他说："也许这并不是一个拨错的号码。"

"妈妈，爸爸，你们在干什么？"女儿的声音从棉被底下传出来，有点模糊。女儿从床上坐了起来，我走到她的床边。"我们正在练习。"我回答。"练习什么？"她咕哝了一句，又躺了回去。她的眼睛很快又闭上了。"练习聆听。"我轻说着，用手抚摸她的脸颊。

爱的教育

[法国] L·格瑞萨德

初涉人生，我们不仅需要母亲的慈爱，以哺育自己钟情生活的爱心，还需要老师的教导，以培养自己把握生活的能力——而我则很荣幸地拥有一位当老师的母亲，所以，她对我的馈赠便是双重的了。

记得我在母亲任教的学校上二年级时，班里有两个人见人厌的学生，10岁的弗兰基和9岁的戴维。他们是兄弟俩，学习极差，也都留过级，而且每天都要弄出点恶作剧来，以恃强凌弱、欺负同学、滋事捣乱为快。有一回，他们甚至搞来了一枚小型炸弹，偷偷地放在一个窗架子上，待上课时，猛听得一声巨响，师生们都被吓得魂不附体，好几个同学都尿了裤子！（我也是其中之一）几年下来，班里几乎没有不被他们俩欺负过的——被敲诈、被打骂等等，可谁都拿他们没办法。

五年级时的一天，厄运降到了我的头上。当时，我正顺着小路骑自行车回家，等我听得弗兰基大嚷大叫地从后边冲过来时，已经来不及躲避了（也无处躲避），被他狠狠地撞入了路边的一条深沟里，自行车又重重地压在我身上，直跌得我鼻青眼肿，头上还磕了个大包。弗兰基见大功已告成，便幸灾乐祸地打着呼哨，扬长而去了。

我匆匆赶回家，尽量把泥污血迹洗干净，希望妈妈不会看出来，否则，她一定会告诉校长，惩处弗兰基，那样既对弗兰基无损（他巴不得弄得鸡犬不宁），又实在对我有害（他必定要伺机作更恶毒的报复）。

可惜头上的大青包无论如何也按不平。晚上，在妈妈的一再追问下，我掩饰不住，只好将自己受欺负的事和盘托出了，我恳求她不要报告校长。

　　妈妈看着我，想了想以后答应了："那好，明天我自己找他谈一谈。"

　　第二天，我总是心神不宁，担心有更大的灾祸在等着我，放学时，还特地绕了远路回家，只怕再遇上弗兰基。而妈妈下班后，倒是告诉了我一个好消息："他们再也不会来欺负你了。"我想，妈妈一定是报告了警察局局长，让他把这两个作恶多端的坏孩子捉进了监狱，这下可好了！

　　但是，妈妈告诉我的是另一回事：

　　"今天，我先去翻阅了弗兰基兄弟俩的档案材料，才发现他们的父亲早就死了，母亲现在也不知所踪，兄弟俩靠一个姑姑抚养，生活条件很差。而且，教过他的老师还告诉我，兄弟俩小时候常常遭到他们母亲的毒打。他们成为现在这个样子，并不全是自己的错，因为他们自己没有得到过多少爱，所以也不懂得去爱别人。

　　"你知道我做了什么吗？

　　"课后，我把弗兰基请到了自己的办公室，问他是否愿意当我的助手，每天替我准备些教具，我会为此给他一些报酬的。另外，如果工作得好，周末时我还会让你和他们兄弟俩一道去看电影……"

　　"我？我跟他们一起去看电影？"——出于愤怒，更出于畏怯，我当即表示反对，"我不去。"

　　"不，你应该去。"妈妈劝我，"他们需要别人的关心与尊重。只有爱才会教会他们去爱。"到了周末，我十分勉强地随妈妈到弗兰基他们的住处，接他们去看电影。妈妈对他们的姑姑说："弗兰基这一星期在我这里工作得挺不错。我相信他弟弟戴维以后也能来帮忙的。"他们的姑姑听了连连道谢，她一定从未梦想过自己这两个臭名远扬的侄儿还真能做好事儿，还真能被人喜欢！

　　在去电影院的路上，我们彼此都很尴尬。我偷偷瞥了弗兰基兄弟俩一眼。嗬！竟是一副规规矩矩、颇有教养的神色了——与平常完全不同。正疑惑着，弗兰基还很郑重地向我道歉："实在对不起，那天我把你撞到了沟里。请你原谅！"他的态度极为诚恳，眼睛垂着，显得很羞愧。

　　他还向我保证："以后我再也不会欺侮任何人了。"

有情有义的感恩故事

这破天荒的奇迹倒把我弄得不好意思，在母亲的催促下，才表示了谅解——虽然心里已不记恨他了。

说来也怪，这以后弗兰基兄弟俩真的如脱胎换骨一般，彻底改邪归正了，不仅不再惹是生非了，而且学习也认真了——这对学校、对老师、对同学来说都是一个好消息，对我来说，更是受益匪浅。

童心与母爱

[美国] 卡斯林·诺利斯

在我十四岁那年的夏天，我和妈妈伴着几个比我小的孩子在一个海滨度假。

一天早晨，我们在海滨散步时遇见一位美貌的母亲。她身边带着两个孩子，一个是十岁的纳德，另一个是稍小一点的东尼，纳德正在听他妈妈给他读书。他是个文静的孩子，看上去像刚刚生过一场病，身体还没有完全恢复。东尼生得一双蓝色的眼睛，长着一头金黄色的卷发，像是一头小狮子，既活泼，又斯文。他能跑善跳，逗人喜欢，生人碰到他总要停下来逗一逗他，有的人还送他一些玩具。

一天，游客们正坐在海滨的沙滩上，我弟弟突然对大家说，东尼是个被收养的孩子。大家一听这话，都惊讶地互相看了看。但我发现，东尼那张晒黑了的小脸上却流露出一种愉快的表情。

"这是真的，是吗，妈妈？"东尼大声说道，"妈妈和爸爸想再要一个孩子，所以，他们走进一个有许多孩子的大屋子里，他们看了那些孩子后说'把那个孩子给我们吧'，那个孩子就是我！"

"我们去过许多那样的大屋子，"他的妈妈韦伯斯特夫人说，"最后我们看上了一个我们怎么也不能拒绝的孩子。"

"但是，那天他们没有把那个孩子给你们。"东尼说。他显然是在重述一个他已熟知的故事。"你们在回家的路上不停地说：'我希望我们能得到他……我希望我们能得到他。'"

“是的，几个星期以后，我们就得到了。”韦伯斯特夫人说。

东尼伸出手，拉着纳德，说：“来，我们再到水里去。”孩子们像海鸥似的冲进海边的浪花里。

“我真想不通，”我妈妈说，“谁舍得抛弃这样一个可爱的孩子呢?”过了会儿，她又补充道，“明明知道他是被人收养的，但他却丝毫不感到惊讶。”

“相反，”韦伯斯特夫人答道，“东尼感到极大的快乐。似乎觉得这样他的地位才更荣耀。”

“你们确实很难把这事情告诉他。”我妈妈说。

“事实上，我们并没有告诉过他，”韦伯斯特夫人回答说，“我丈夫是个军队里的工程师，所以我们很少定居在什么地方，谁都以为东尼和纳德都是我们的儿子。但是，六个月前，在我丈夫死后，我和孩子们碰上了我一位多年不见的朋友。她盯着那个小的，然后问我，哪个是收养的呀，玛丽?

“我用脚尖踩着她的脚，她立刻明白了过来，换了个话题，但孩子们都听见了。她刚一走开，两个孩子就拥到我的跟前，望着我，所以，我不得不告诉他们。于是，我就尽我的想象力，编了个收养东尼的故事……你们猜结果怎样?”

我说：“什么也不会使东尼失去勇气。”

“对极了，”他妈妈微笑着应道，“东尼这孩子虽然比纳德小一些，但他很刚强。”

在韦伯斯特夫人和她的孩子们将要回家的前一天，我和妈妈在海滨的沙滩上又碰见那位母亲。这次她没有把两个孩子带来，我妈妈夸奖了她的孩子，还特别提到了小纳德，说从来没有见过一个孩子对他的母亲有这样深的爱，文静的小纳德竟对他母亲如此依赖和崇拜。不料夫人说道：“你也是一位能体谅人的母亲，我很愿意把事实告诉你。实际上东尼是我亲生的儿子，而纳德才真是我的养子。”

我妈妈屏住了呼吸。

“如果告诉他，他是我收养的，小纳德是受不了的。”韦伯斯特夫人说，“对于纳德来说，母亲意味着他的生命，意味着自尊心和一种强大的人生安全感。他和东尼不同，东尼这孩子很刚强，是一个能够自持的孩子，还从来没有什么事情使他沮丧过。"

去年夏天，我在旧金山一家旅馆的餐厅里吃午饭，临近我的餐桌旁坐着一位高个子男人，身着灰色的海军机长的制服。我仔细观察了那张英俊的和那双闪烁着智慧的眼睛，然后走到他跟前。我问："你是安东尼·韦伯斯特先生吗？"

原来他就是安东尼·韦伯斯特。他回忆起童年时我们一起在海滨度过的那些夏日。我把他介绍给我丈夫，然后，他把纳德的情况简单地告诉了我们。纳德大学毕业后，成了一位卓有成就的化学家，但他活到二十八岁就死了。

"母亲和实验室就是纳德那个世界里的一切，"东尼说，"妈妈曾把他带到新墨西哥去，让他疗养身体，但他又立即回到他的实验室里去了。他在临死之前半小时，还忙着观察他的那些试管。死的时候，妈妈把他紧紧搂在怀里。"

"你妈妈什么时候告诉你的，东尼？"

"你好像也知道？"

"是的，她早就告诉过我和我妈妈，但我们都一直保守着这个秘密。"

东尼眼睛里闪烁着晶莹的泪花，沉默了好大一会儿。"我很难想象，在我的一生中，我还能献给母亲比我已经献出的更加深切的爱。"他说，"现在我自己也有了一个孩子。我开始思索，在这二十多年里，母亲为了不去伤害养子那颗天真无邪的童心，而把亲生儿子的位置让给他，她自己心里又会是怎样一种滋味呢？"

父与子

[冰岛] 贡·贡纳尔逊

父与子住在离小渔村不远的地方。他们在小渔村的外面买了一小片陆岬，并自己动手在石块和草皮上盖起了两间茅草屋。

父与子相依为命，几乎一刻也不分离。父子两人都用同一个名字：斯乔弗。大家一般管他们叫老斯乔弗和小斯乔弗。老斯乔弗50多岁，小斯乔弗则刚满16岁。

老斯乔弗曾经很富有。那时，他拥有一个4英亩大的农场和一位贤惠的妻子，但13年前的一场天灾夺去了这一切。

父与子在一起时很少交谈，因为他们彼此十分了解和信任。他们只要父子在一起也就心满意足了。

在父子两人不多的交谈中，有一句话被再三地重复着。每次吃饭前，在做完祷告后，老斯乔弗都会对小斯乔弗说："付清一切债务，不欠任何人的人情，上帝保佑。"

父子俩常常宁愿挨饿，也不到乡村商店去赊购任何食物。从小斯乔弗能记事的时候开始，他们就不欠商店一分钱。而他们的邻居，家家都在商店里赊购东西。

小斯乔弗长得十分健壮，无论什么天气，他都可以和父亲一起划着自家的那条小渔船出海捕鱼。夏天，他们父子两人尽可能节省开支，因为冬天海上冰冻封航，无法出海捕鱼。他们把鱼晒干，腌成咸鱼，一部分作为冬天的食物，另一部分则拿到乡村商店，换成现钱，用来购置日用品。

有一年的春天，在经过一个相当严寒的冬季之后，灾难再次降临到老斯乔弗的头上。一天清晨，一场雪崩压垮了他们的茅屋，把他们父子两人都埋在了雪堆之下。

当人们赶来把他从雪堆中挖出来的时候，老斯乔弗已经永远地闭上了眼睛。

人们把老斯乔弗的遗体放在一块石板上。小斯乔弗站在父亲的遗体旁，轻轻地抚摸着老父亲花白的头发，喃喃自语，但是谁也听不清他在说什么。不过，他始终都没有哭。

当人们陆续地离开后，小斯乔弗来到下面的海滩，寻找渔船。他看见那条小渔船已经支离破碎，片片船板在海水中漂荡。这时，他的脸上现出了痛苦的表情。

如果小渔船没有坏，他还可以把渔船卖掉，因为父亲的丧事要花很多

有情有义的感恩故事

的钱，这一点他知道。老斯乔弗生前经常说，一个人总得准备足够的积蓄，用做体面的丧葬费用，用教区的钱办丧事是不光彩的。

小斯乔弗坐在父亲的遗体旁，陷入了苦苦的沉思。最后，他终于想出了一个办法。于是，他站起身来，径直朝乡村商店走去。

他直接走进店里，以一个成年人的口吻问店主，他能不能和他谈谈。

"好吧，孩子，你找我有什么事吗？"店主问道。

小斯乔弗几乎就要丧失勇气，但他还是强打起精神，不紧不慢地说："你当然知道，我们的码头要比你的码头好，是吗？"

"有人曾这样跟我说过。"店主回答道。

"好，假如我同意，今年夏天，让你使用我的码头，"小斯乔弗说，"你能给我多少钱？"

"我从你手里把码头买下来，不是更好吗？"店主问。

"不，"孩子回答，"假如我把码头卖掉，我就连住的地方也没有了。"

"可是，你们的房子已经倒掉了呀！"

"今年夏天，我打算盖个茅屋，在那以前，我可以住在我刚刚搭起来的帐篷里。我的父亲已经去世，渔船也没有了，所以今年夏天，我没法出海捕鱼了。因此，我想，夏天我可以把码头租给你，假如你愿意租下给我租金的话。从我们的码头上，你们店里的人，无论什么天气，都可以外出。你没有忘记去年夏天，我们出海的时候，你们店里的人常常不得不呆在屋里吧？父亲告诉我，那是因为你们的码头的地势要比我们的低。"

"一个夏天，你要多少钱？"店主问。

"只要够为我父亲办一个体面的丧事就行，这样我就不用花教区的钱了。"

店主站起来，向孩子伸出手。

"就这样讲定了。"店主说，"我来为你父亲办理丧事，你用不着担心。"

交易谈妥了，可小斯乔弗仍迟疑地站在原地未动。他还有没办完的事情。

"今年春天，你的货船什么时候靠码头？"小斯乔弗以先前那种镇定的口吻问。

"明天，或者后天。"店主回答。他的目光盯着这个小伙子。这小伙子究竟想干什么，他有点儿捉摸不透。

"你需要再雇个伙计吗？就像去年春天一样。"小斯乔弗坦率地问他。

"要，不过我要雇一个强壮的伙计。"店主说，情不自禁地笑了笑。

"能请你出来一会儿吗？"小斯乔弗说。他似乎已经做好准备，要用行动来证明自己有力气。

店主摇摇头，笑笑，跟着这孩子从店里走出来。

小斯乔弗一句话也没说，走到一块大石头跟前，弯下腰，猛地举起了这块石头。放下石头后，他转过身来，对店主说："去年你雇的那个伙计举不动这块石头，我亲眼看见他试过好几次。"

店主笑笑，说："如果你这样结实，我想，我是可以雇用你的。"

"你能像雇别的伙计那样，供给膳食，给我同样的工钱吗？"

"可以。"

"太好了，这样我就不必靠救济生活了。"小斯乔弗说，仿佛如释重负。

小斯乔弗学着店主刚才的样子，把手向店主伸过去。

"再见。"他说。

"请到店里来一下。"店主说。

店主走在前头，打开去厨房的门，让小斯乔弗进去，然后他对厨娘说："给这个小伙子拿点吃的来。"

但小斯乔弗坚决地摇了摇头。

"你不饿吗？"店主问。

"饿。"小伙子回答。他的声音有点颤抖，他早已饥肠辘辘。但是他挺直腰杆说，"那样一来，就该是施舍了，我决不接受。"

店主想了一会儿，然后走到小伙子跟前，拍拍他的脑袋，同时向厨娘做了个手势，要她把饭菜端过来。

"客人来的时候，你一定见过你父亲招待客人，喝杯酒，或者喝杯咖啡，是吗？"

"是的。"小斯乔弗回答。

"好，我没说错吧！我们得招待我们的客人，如果客人不接受，那我们

就不再是朋友了。所以你瞧，你必须跟我一同用餐，因为你是我的客人。"

"那么，我想，我就必须吃饭了。"小伙子叹口气说。

有一会儿工夫，小斯乔弗沉思着坐在那儿，然后他又平静地说："要还清一切债务，不欠任何人的人情，上帝保佑。"

"这种立身处世的品德是与生俱来的。愿上帝保佑你。"店主摸出手帕，因为此时他已激动得掉下眼泪。

小斯乔弗诧异店主的真情流露。一时间，他静静地看着店主，然后说："父亲从来不哭。"过了一会儿，他又说，"我自个儿也从来不哭。从我小时候起，我就从来没哭过。我看见父亲过世，我想哭，但是我怕他可能不高兴，所以我没敢哭。"

紧接着，小斯乔弗一头扑进店主的怀里，呜呜地哭了起来。

第二次婚礼

[美国] 鲍勃·汉

克里斯·沃德曼是一位志愿警察，正式职业是油漆工人。一天，在他开车到郊外办事的途中发生交通事故，他的大脑遭到严重伤害，经过急救以后，虽然保住了命，但是失去了记忆。

他连自己的妻子和孩子都不认识了。每天，妻子曼迪按时到医院的病房来看他，照料他。每当此时，他只会感到一阵阵温暖，他隐约感觉到这个女人有点面熟，很喜欢自己，自己也很喜欢这个女人，但说不出究竟她是什么人，她为什么每天都来照顾他。

曼迪每次看到丈夫用陌生的目光看着她时，就特别难过，她不相信、也不能接受丈夫将永远忘记一切的现实。她在接受英国《观察家报》记者采访时明确表示，她相信爱情的伟大力量，她一定要用爱帮助丈夫重建家庭生活，像过去一样正常地工作和生活。

接连好几个星期，她连续带了几百张照片到医院里去，这些照片是她与克里斯谈恋爱时的照片，他们的结婚照，新居的布置、亲友的礼物等照片，还有他们婚后的家庭生活，他们和两个孩子的照片。她要通过这些照片，帮丈夫重新燃起对美好过去的怀念。

她还努力尝试着变化自己的打扮，穿上各种各样克里斯喜欢的服装，戴上各种各样他买给她的饰物；她尤其不忘每天来看望他时，都带上那只漂亮的手提包。这是他俩到中东度蜜月时，丈夫亲自为她挑选的。

几个月后，曼迪的爱心与耐心开始得到回报。以前她到病房时，他会有一种兴奋与亲切的感觉，但是并不能认出她是自己的妻子，终于有一天，当曼迪离开丈夫的病床，想去卫生间时，听到克里斯大声同坐在病床另一侧的妹妹玛格丽特说："这个女人是谁？我好面熟，她天天来看我，我想她一定是我亲爱的妻子曼迪。"曼迪非常激动，马上折身回到病房，玛格丽特把她拉到一旁，兴奋地说："我哥认出你了！他知道你是谁了！"

又过了几个月，丈夫出院了。然而他回到家中就像到了一个完全陌生的地方，不要说卫生间、厨房，有时连房间门都找不到。曼迪嘱咐儿女都要有耐心，并且反复告诉丈夫每一件日用品放在哪里，她还带他参观家里的每一个房间，他终于能渐渐认出每一个房间了。曼迪每过一两天就为克里斯播映家庭录像带，让他能重新看到他们的婚礼过程、圣诞节家庭舞会、生日宴会以及儿女成长过程中许多生动的镜头。每当播放这些录像带时，她便充当讲解员，尽量帮助丈夫回忆当时的细节，尤其注意补充当时的趣闻轶事。

当播放他们和孩子们之间的录像带时，曼迪会讲述这个过程中的每件有意思的事，有时还让两个孩子一起随着录像带唱爸爸教他们唱的歌。每当此时，克里斯眼中便闪烁着兴奋、感动的泪花。

世界上一切事情都不可能永远一帆风顺。两年后的一个周末，克里斯在小花园里练习走路时不小心摔了一跤，头撞在了铁栏杆上，当场昏了过去。克里斯再次住进了医院，经过一个多月的治疗出院后，克里斯的记忆又有了明显的倒退。他又一次搞不清每个房间的门了，他虽然能够认出妻子和孩子，但显然没有那么亲切了，精神麻木了好多。曼迪再次给他看照片，看录像，但效果并不理想。

为了加快丈夫记忆的恢复，曼迪想出一个充满爱心的主意——她决心

有情有义的感恩故事

同克里斯举行一个同第一次婚礼一模一样的婚礼，希望能重新燃起丈夫心中对一切美好往事的记忆。

那天，三十一岁的曼迪挽着四十岁的丈夫克里斯的臂膀，走进了利兹市的圣安东尼教堂。他们穿着第一次婚礼穿过的礼服。婚礼上来了很多宾客，他们都参加过他们的第一次婚礼，人们聚集在一起，倾听他们的结婚宣誓，并向他俩致以衷心的祝贺。

当他俩步入教堂门口时，按照曼迪的要求，教堂顶上还向四面空墙喷出美丽的七彩喷雾。曼迪的意思是，丈夫过去是一位油漆工，她不仅要帮助丈夫重新过上幸福美丽的家庭生活，而且还要帮他重返工作岗位。因为她深信，只有这样才能真正巩固他的记忆。

同第一次婚礼稍有不同的是，曼迪一手拉着两个孩子，一手扶着丈夫缓步前行。克里斯双手仍然拄着拐杖，走路仍有点跛。当这个不寻常的家庭一起在教堂讲台前停下，轻轻合唱优美赞歌时，许多来宾都感动得流下热泪。

神父格拉曼主持了仪式。他要求这对特殊夫妻取下戒指，再次宣誓，然后重新戴上戒指。神父在致辞中说："那场车祸是对曼迪爱情的考验，也是他们新生活的开始。曼迪经受住了考验，他们的新生活也翻开了新的一页；他们已渐渐学会了控制命运，今天美丽的婚礼表明，他们终将成为最后的胜利者。"

曼迪成功了！做完弥撒后，克里斯紧紧拥抱着自己美丽的爱妻，久久地亲吻着她。接着，他又转过身去，亲吻了两个可爱的孩子，然后同他们一起转向宾客，表达衷心的谢意和爱意。

克里斯成功地恢复了记忆，接下来他还要尝试着重新工作，虽然以后的路还很艰难很漫长，但只要两人一起努力，前途依旧光明。

十一月的圣诞礼物

［美国］乔·库代尔

琼在路边的草丛中，发现了四只被遗弃的新生小猫。琼把它们带回了家，丈夫迈克坚决不同意收养它们，因为他们家已经有一只狗和三只猫了，他是一个不习惯满屋子宠物的人。

"我不会久留它们的，"琼发誓说，"就留它们到能自己生存为止。"迈克半信半疑。"我用名誉担保。"琼向他保证。

琼把一条毯子衬在柳条筐里，给这些小猫崽儿做了一个温暖的窝。然后她去村里的商店询问怎样喂养它们。"你养不了这么小的猫崽儿。"店主对她说。但她还是买了一套玩具奶瓶，然后回家去试着喂。几个小时以后，它们醒了，不断地叫着要吃奶。琼每两个小时喂它们一次。第二天早晨它们看上去强壮了一点，长大了一点。

迈克也把它们的成长情况告诉了他的同事。一天傍晚，他回到家告诉琼，他的秘书提出要领养"桃桃"。桃桃的毛色柔和可爱，琼最喜欢它。现在桃桃就要走了，琼不再像以往那样经常抱它了。琼突然想到，如果她给其余的几只小猫中的一只更多的关爱，抚爱它，和它说话，它长大了会不会与它的兄弟姐妹有什么不同呢？她想这或许是个有趣的试验。

于是，琼选择了其中一只最不起眼的做试验对象。它是一只小黑猫，迈克叫它蝙蝠猫，因为它毛色暗淡，是这窝小猫中最瘦小的一个。琼给它起了个新名：波士顿。给它喂奶的时候就喊它的名字，经常跟它说活，然后再把它放回猫窝里。

试验很快产生了效果。它的眼睛变得机敏了，很快它就学会了听自己的名字。现在，它和别的小猫一起睡觉的时候，它再也不接受最底下的铺位了。它会爬到上边，给自己找个好窝。

在这群小猫中，波士顿第一个学会呼噜呼噜地叫；第一个学会梳洗自己；第一个冒着危险从柳条筐里爬出来。当别的小猫一起打滚玩闹后筋疲力尽地睡着时，它却会沿着篮子边爬出来找琼。

波士顿的外貌也发生了变化。它原来粗糙发暗的毛发变得滑顺而有光泽。尽管它不算漂亮，但它机灵可爱。

一天晚上，琼正在对波士顿说话，迈克走了进来，他说："它走了你会想它的。"

琼不相信迈克会将它送走。

迈克直视着她，琼从他的表情上看得出这是他们之间的考验。琼是坚守当初对他的诺言，还是把一只小黑猫看得比他的意愿还重要？自从他们相识以来，他们经历了一番挫折才学会互相信任。琼不能毁掉她已争取到的信任。

"是的。"琼尽量保持平静地说："我会想念它的。"

很快，除了波士顿，其他的小猫都被送到新家去了。一天，迈克回家说教会组织的义卖要在宠物柜台开展一个小猫义卖活动，这意味着波士顿和琼在一起的日子不多了。现在，琼一抱起它，就止不住自己的眼泪。

那天晚上迈克回家时，琼正在准备晚饭。波士顿到门口迎接他，但琼做不到，她控制着自己不要哭出来。过了很长时间迈克才走进厨房。他过来时，抱着波士顿，波士顿脖子上系着条红色的丝带。迈克什么也没说，掏出一个信封。信封里有一张圣诞卡，上面写着："尽管现在才十一月，但让咱们给自己一份圣诞礼物吧。"

琼泪眼模糊地伸出双臂拥抱了迈克。

他说："既然你有让它走的宽大胸怀，我也可以宽容地让它留下来。"

妈妈的"万能汤"

［美国］李奥·布斯卡格里亚

人生路上，埋藏着许多奇异的珍宝。起初，人们也许并不清楚它们的价值，甚至根本没有意识到它们的存在，就像妈妈的"万能汤"。

提起它，往事历历在目：火炉上的瓷罐里沸腾着气泡，氤氲的蒸气冉冉升起，整个瓷罐仿佛快要喷发的火山。每当走进厨房外的回廊，浓郁的香气总让李奥觉得心里踏实。无论妈妈在不在厨房，他都知道她回家了！

妈妈小时候是在意大利北部长大的。据说，她那时就从李奥曾祖母那里学会了"万能汤"的做法。这是一种浓肉汁菜汤，没有固定的原材料，完全随着厨房存货的变化而变化。这种变化使它成了李奥家的"家庭经济晴雨表"，如果汤很黏稠，有西红柿、面团、蚕豆、胡萝卜、芹菜、洋葱、玉米和肉片等丰富的内容，就表示父母手头宽裕；反之，就是手头拮据。

妈妈的"万能汤"从来都被喝光。她教导孩子们，食物是上天的恩赐，不可以浪费。无论什么时候，只要李奥开始默诵祷告词，就会想起妈妈：每天天还没亮，她就起床了，她要为全家人准备食物；她哺育孩子成长，她的孩子为她祈福。

可有一段时间，"万能汤"却成了李奥的心病，担心它会断送自己和新朋友苏的友谊。苏的爸爸是个医生，他们家住在城里的富人区。苏是李奥第一个住在富人区里的朋友。因此，他很珍惜这份友谊。

苏常常邀请李奥去他家吃饭。他家里有专门的厨师，穿着洁白的制服，用闪光的器皿盛上食物；他们每个人都有专用的餐具。就餐前，会有专门的仆人摆放好刀、叉等，显得庄重而气派。但是李奥总觉得食物虽然精美，却缺乏一种亲情的滋味。苏的父母对李奥很热情，但是他们的家庭气氛却十分沉闷。有时，当苏跟着他爸爸进书房时，李奥发现苏的手害怕得不停颤抖。他们在吃饭时，彼此不拥抱对方。可是在李奥家里，如果谁省略这一步，妈妈就会关切地问："怎么了，不舒服？"

李奥更担心自己的贫寒家境会葬送这段友谊。不久，苏准备到李奥家里去玩。为了配得上苏，李奥试探着问妈妈可不可以改变她的烹饪方式，他向母亲提出建议："妈妈，真正的美国家庭可不像咱们家这样吃饭。我们干嘛不做一些汉堡包或炸鸡？"

"噢，我不是美国人，是意大利人。只有那些自以为是的小糊涂蛋，才不喜欢我的万能汤。"妈妈不容反对的坚决眼神明白无误地表示，她不会改变。

李奥没法说服妈妈。苏要来那天，他沮丧地想：那罐"万能汤"，将成为他和苏之间友谊的句号。

妈妈和其他九个家庭成员热烈地欢迎苏的到来，他们逐个拥抱、问候他，有的还亲热地拍拍他的背。当大家坐在饭桌前，李奥看着笨重粗陋的餐桌感到羞愧。这张桌子，还有桌上透明的油布，跟苏家的餐厅比起来，真有天壤之别。

祷告后，妈妈给每人盛上一碗肉汁汤，她问："苏，知道这是什么吗？"

苏对妈妈的问题感到不解，说："这不是汤吗？"

"不是汤那么简单，"妈妈强调说，"是'万能汤'！"接着，妈妈开始滔滔不绝地解释"万能汤"的来历和神奇功效：它可以治疗头痛、感冒、伤风、消化不良等许多疾病。妈妈摸了摸苏的胳膊后，又加上一种："万能汤"能让人更强壮。李奥的心里一阵阵抽搐：古怪的人，古怪的食物，古怪的论调，苏也许再也不会到他家来了。

然而，苏的举动让李奥大吃一惊。他很快喝光了碗里的汤，抬起头对妈妈说："太好喝了，请您再给我盛一碗，好吗？"

道别时，苏羡慕地对李奥说："你的爸爸妈妈、兄弟姐妹真好！真希望我妈妈也能做出这么一桌美味的饭菜，尤其是'万能汤'！李奥，你真是太幸运了！"

李奥不明白，苏说的"幸运"是什么意思。

记得妈妈去世后的第二天，全家人关掉厨房里的煤气炉。再也看不到火炉上的瓷罐里沸腾着气泡，氤氲的蒸气冉冉升起。可是，直到今天，李奥站在厨房里，好像依然能闻到空气中弥漫着"万能汤"的香气。这种香气始终温暖着他的心灵。

李奥和苏的友谊一直没有中断，在苏的婚礼上，李奥做他的伴郎。婚后几年过去了，有一天苏邀请李奥去他家里吃晚饭。那时李奥肝脏出了毛病。开饭前，苏和他的孩子们互相问候拥抱，也向李奥张开热情的双手，表达他们的关怀和欢迎。苏的妻子端上一锅热气腾腾的鸡汤，汤里混着新鲜的蔬菜和大块的肉片。

"嘿，李奥，知道这是什么汤吗？"苏的目光透着狡黠。

"汤？鸡汤？"李奥被苏问得莫名其妙。

"鸡汤？这是'苏记万能鸡汤'！治疗感冒、头痛、消化不良等，特别对你的肝有独特疗效。李奥，我也很幸运！"苏开心地笑起来。

这时李奥明白了苏当年的言外之意。苏在他家里喝的"万能汤"，的确赶不上专业厨师的手艺，可又远远地胜过专业厨师的手艺。因为它浓缩了妈妈的温暖、爱心和关怀，还有整个家庭的天伦之乐。它是爱的盛宴！

爱的两面

[美国] 盖瑞·斯姆利约翰·特兰特

达瑞尔站在一家比萨店门口，犹豫了一会儿。终于，他叹了一口气，勉强挥走心中的恐惧，推开门走进了这家他儿子最喜欢的餐馆。

他对此次会面感到非常害怕，虽然没有逃走，但他还是鼓足勇气才踏进门。他还一点也不知道接下来的几个小时内，他将经历这辈子中最有意义的事情。

达瑞尔是来跟他17岁的儿子查尔斯谈心的。虽然他深爱着查尔斯，但是他也明白，在两个儿子中，查尔斯跟自己最不像。

他和大儿子赖瑞之间的沟通从来就没有困难，因为他们两人的思想十分相近，根本无须花太多时间交谈。他们只是一起做事，比如去打猎或者是修理他们的车子。达瑞尔总是以粗鲁的态度对待赖瑞，就像对待他的建筑工人一样，而赖瑞也总是适当地、热烈地回应这种态度。

可是查尔斯就不同了。达瑞尔可以感觉到他比赖瑞敏感多了。每当达瑞尔刺激这个孩子，想激励他像他哥哥一样时，就会觉得查尔斯在对抗。

达瑞尔所接受的教育，是一大堆纪律与距离感，得到的关怀与接纳反而少得可怜。因此他自己得到多少，就以同等的分量给予自己的儿子。

他一遍又一遍地告诉自己："我的责任是供他们吃穿，而关怀则是他们母亲的责任。"他无法说服自己接受做父亲所该做的全部事情。达瑞尔明白自己的父亲伤害自己有多深，他也在查尔斯眼里看见过上百次同样的伤害。

达瑞尔很清楚最大的问题出在哪里。多年来查尔斯一直期待和他建立一种亲密的关系。光是一起打猎并不足够，他想要在去打猎的路上，甚至在打猎的时候和他交谈。

达瑞尔直到最近才了解到，他与查尔斯此刻能够相处，是因为儿子已经完全不跟他说话了，就像当年他对那严厉的父亲所表现的态度一样。查尔斯那时退缩到安全的距离之外，尽量避免招惹他的父亲。

就像大多数人一样，达瑞尔一直在逃避所谓的亲密关系。多年来他的妻子、儿子一直想拉近与他之间的距离。同样的，多年来他也一直在疏远家人，试着与他们保持"舒服"的距离。

有一天在教堂做礼拜时，达瑞尔看清了自己的状况，于是他不再逃避了。

那天，达瑞尔清楚地了解到一个事实，那就是爱原来有两面。在表现严厉的那一面，他是专家。他能够出手打儿子的耳光，却无法伸出手来拥抱他。儿子犯错时他可以马上就责骂他，而那些鼓励的话只有在节日或生日的时候才会出现。

在教堂，达瑞尔终于明白原来孩子需要更多，不仅仅是母爱而已，孩子也渴望父亲全部的爱。

达瑞尔在身心各方面都是个强壮的人，虽然他自认坚强勇敢，但是主讲人问的一个问题却刺穿了他的心："你最后一次拥抱你儿子，并当面告诉他'你爱他'是什么时候？"

达瑞尔想不起"最后一次"是什么时候。事实上，他连第一次是什么时候也记不清了。

主讲人告诉他真正的爱是有两面的，而不是只有一面。这时他才发现原来自己只付出一半的心意来爱查尔斯，而儿子需要的是在他身上得到完整的爱。

查尔斯最需要的父亲，是一个能够全心全意爱护妻儿的真正男人，而不是一个将所有关怀与爱的表现全交给妻子去做，让人感到不可亲近的男人。

多年来，达瑞尔严厉地教导他的儿子，目的是想获得儿子对他的尊敬，但他得到的反而是儿子的畏惧与憎恨。也正是有了这层了解，促使达瑞尔决定在某天下午儿子练完橄榄球后，约他到这间比萨店来好好地谈一谈。

"嗨，老爸！"查尔斯跟刚走进来的老爸握手。查尔斯身高1.87米，与人打招呼时总得低头往下看，可是他却需要抬头迎接老爸的目光。虽然达瑞尔51岁了，但他仍保持着健壮高大的体魄。

达瑞尔坐下，盯着儿子说："查尔斯，我最近想了很多，这是你待在家里的最后一个暑假，我觉得很难过。很快你就要上大学了。除了打包带走你的衣物之外，你还得打包带走一些情感，带上这些年来我给你的感受，不论是好还是坏。"

查尔斯安静地坐在那里，一声不吭。他父亲竟会谈起彼此之间的关系，这让他觉得不像是那个父亲。他仔细聆听着父亲的讲话。

达瑞尔说："儿子，我想要求你做一件事，努力回想以前的事，甚至是在你3岁时的事，想想每次我伤害你，想想每次我说过的那些不恰当的语言和我不理智行为。我知道我俩性格不一样，现在我才明白一直对你很苛刻。实际上，大部分的时候我都对你太凶了。我想督促你成为我所希望的那种人。现在我才了解到，我根本没有花时间听你说你想成为什么样的人。"

他叹了口气，又说："你不要拘束，跟我说说任何我曾伤害过你的行为，我现在要做的就是听听你的感受。我想跟你谈谈，你想到的每一件事，我都要请求你原谅。你不必带走那些不好的感受，那些我曾强加给你的伤心事。你四年的大学生活不需要这些，摆在你面前的应该是多姿多彩的生活。"

他擦了一下眼里的泪水，又说："我们可以在这里待一个晚上，我已经准备好了。不过首先你要知道我有多爱你。"

查尔斯以前在生日卡上看过父亲写的"我爱你"，这是他首次听到父亲亲口说出这三个字。他早就学会了领教父亲的严厉。现在老爸的爱里却多了一些温柔，他有些感动地说："爸，以前的事就别在意了，我知道你爱我。"

在父亲的鼓励下，查尔斯回忆起17年来他与父亲相处的情景。

他曾花很长时间努力成为橄榄球选手，以博取父亲的欢心，但那段时间里，他其实最喜欢的是足球。

他总感到一种憎恨，恨自己无论如何努力，也永远无法获得像哥哥那样的成就。还有父亲为了激励他所做的许多严厉批评，都让他觉得自己很无能。

查尔斯向父亲诉说每件往事的同时，也在父亲眼中看见了真正的温柔与哀伤。父亲甚至还为了过去一些小事感到懊悔，并且安慰他。

过了大约3个小时，这番收获巨大的谈话终于结束。达瑞尔要去付账时说："我知道要你马上回想17年来的事情，对你来说太仓促了，所以你记住，以后我们随时可以聊一聊。"

晚餐结束了，他们之间全新的关系才刚刚开始。在同一个屋檐下当了17年的陌生人，现在终于心灵相通了。

对他们而言，这是一个既感动又重要的夜晚。他们起身离开座位时，查尔斯做了一件令他父亲惊讶的事：这个体型高大的橄榄球选手，拥抱了与他体型相当的父亲，这是多年来父子首次拥抱在一起。这两个强壮男人的眼里都闪着泪花。

不离不弃的丈夫

[美国] 伯尼·席弗

1944年，伯尼与玛格丽特在弗吉尼亚州诺福克港市相识。当时是二战期间，伯尼是一名海军军官，玛格丽特聪明美丽。战后伯尼回到诺福克港和她结婚。婚后他们形影不离，生活得很幸福。可惜在1977年，才刚刚56岁的玛格丽特患上了老年痴呆症。

第一位给玛格丽特治病的医生告诉伯尼，此病无药可治，不要再浪费钱了。伯尼无法相信这个事实，他又为玛格丽特找来很多有名望的医生，但是这些医生都说这种病是治不好的。伯尼给华盛顿的几个全国保健机关写信，他们回信说纽约市爱因斯坦医学院的罗伯特·卡兹曼医生正在研究这种疾病。

在1979年2月，玛格丽特成了卡兹曼医生的病人。尽管这位神经病学家对老年痴呆症了解很多，但是他也无法医治此病。

在这段时期，玛格丽特的病情迅速恶化，她连最简单的事情都记不住。她很快便忘了怎么做饭。伯尼开始做饭，结果两人都消瘦了。玛格丽特一直是家里的厨师，伯尼只会开开罐头、热热电视快餐。

玛格丽特逐渐忘记了做针线活儿，忘记了怎么写字、怎么说话。有时他们外出，她去了女洗手间后，会忘记怎么从里面出来。

但是，最使伯尼痛苦的是，她连自己都忘了。她不认识自己年轻时候的照片，还对伯尼说有一个女人总是在家里跟随着她，但她又总是无法对伯尼指出她来。

有一次他们两人同时站在家里的一面大镜子前面，她竟指着镜子里的自己说："她在那儿！那个女人就在那儿。"这对伯尼和玛格丽特都是可怕的打击。

夜里，伯尼在床上总是要伸过手去摸摸她，看她是否仍然活着。她有时会搂着伯尼说："我一会儿也不愿离开你。"她似乎也知道她的处境极端困难，她害怕被送到疗养院去。伯尼总是回答："我永远也不会离开你。"

他的回答给了她极大的安慰，她知道伯尼是说得到做得到的。

到了1982年4月，玛格丽特不能走路，不能站立，也不能自己吃饭了，无法和人交谈。在这几年的护理生活中，伯尼每天都受着痛苦的心理折磨，这种无法弥补的失落感是无药可治的。玛格丽特在她的医用床上度过夜晚，在轮椅里面度过白天，她不时发出声音来。大约10年前，伯尼雇用了一个人，每天在伯尼外出工作的时候陪伴玛格丽特。1985年伯尼退休，他现在每天早上9点到下午3点得到一位护士助理的帮助。但3点以后就完全靠伯尼自己了。星期日他的女儿开车来和他们相聚，这就是伯尼一个星期中最愉快的时刻。

在大部分时间里，只有他们两人。像所有的老人一样，他们曾盼望着退休后周游世界，享受清闲。但是现在他们的世界竟缩小成了一栋两层楼的房子，这是多么令人啼笑皆非的事！在最近六年中，伯尼晚上只离开过这所房子三次。过去，他们一直相依为命，相互代表一切。现在无论她在何处，她仍然代表伯尼的一切。

有时候有人问伯尼为什么要这么做。认为"伯尼是圣人"的人问这个问题，认为"伯尼是疯子"的人也问这个问题，另外一些人则认为这是"殉难情结"。其实，所有这一切的基础就是他们彼此间的爱情。

伯尼说，如果有人对着他妻子开枪，他会毫不迟疑地跳在她前面抵挡子弹。伯尼不仅是这样说的，也是这样做的，他尽所能地跳到了她和死神之间。伯尼认为他们两人正在被一粒子弹缓慢地折磨至死，但两人在共同分担着一切。

伯尼现今73岁，从62岁起伯尼就成了护理者，每年、每月、每周越来越要加强护理。

卡兹曼医生劝伯尼："玛格丽特已经不认识你了，我愿意在把她送进疗养院的文件上签字。"

可是伯尼并不这样认为，他冷静地对卡兹曼医生说："虽然玛格丽特已经不认识我了，但是，我仍然认识她。"

济人之道

辛迪·B·哈丁

工作是生存的必要条件，我的祖父母深知这一点。他们在宾夕法尼亚州拥有一座小小的农场，他们靠这座农场自给自足。

经济大萧条并没有使他们的生活发生太大的变化，却把一波又一波的失业人员推到了农场。第一位来客衣衫褴褛，却彬彬有礼：他摘下帽子，低声说自己已经半天没吃饭了。爷爷只看了他一眼，就说："马厩后面的篱笆旁有堆劈柴，我一直想把它搬到篱笆的另一头，午饭以前你有足够的时间把这活儿干完。"说着，爷爷向年轻人伸出了手。

奶奶说接下来发生的事令人惊奇，只见陌生人的眼睛亮了，嘴角也涌出了笑意。他一路小跑奔向马厩。奶奶在餐桌旁加了把椅子，做了一个苹果馅饼。吃午饭时，陌生人没多说话，可他是挺着胸膛上路的。爷爷后来告诉我说："一个人只要不失去自尊，他的精神就永远也不会垮。"

奶奶说在经济大萧条期间不知曾与多少人共进午餐，也记不清那堆木柴被挪过多少次。

父母心

[日本] 川端康成

　　轮船从神户港开往北海道，当驶出濑户内海到了志摩海面时，聚集在甲板上的人群中，有位衣着华丽、年近四十、引人注目的高贵夫人。有一个老女佣和一个侍女陪伴在她身边。

　　离贵夫人不远的地方，有个四十岁左右的穷人，他也引人注意：他带着三个孩子，最大的七八岁。孩子们看上去个个聪明可爱，可是每个孩子的衣裳都污迹斑斑。

　　不知为什么，高贵夫人总看着这父子们。后来，她在老女佣耳边嘀咕了一阵，女佣就走到那个穷人身旁搭讪起来：

　　"孩子多，真快乐啊！"

　　"哪儿的话，老实说，我还有一个吃奶的孩子。穷人孩子多了更苦。不怕您笑话，我们夫妻已没法子养育这四个孩子了！但又舍不得抛弃他们。这不，现在就是为了孩子们，一家六口去北海道找工作啊。"

　　"我倒有件事和你商量。我家主人是北海道函馆的大富翁，年过四十，可是没有孩子。夫人让我跟你商量，能否从你的孩子中领养一个做她家的后嗣？如果行，会给你们一笔钱作酬谢。"

　　"那可是求之不得啊！不过我要和孩子的母亲商量商量再决定。"

　　傍晚，轮船驶进相模滩时，那个男人和妻子带着大儿子来到夫人的舱房。

　　"请您收下这个小家伙吧！"

　　夫妻俩收下了钱，流着眼泪离开了夫人舱房。

　　第二天清晨，当船驶过房总半岛，父亲拉着五岁的二儿子出现在贵夫人的舱房。

"昨晚，我们仔细地考虑了好久，不管家里多穷，我们也该留着大儿子继承家业。把长子送人，不管怎么说都是不合适的。如果允许，我们想用二儿子换回大儿子！"

"完全可以。"贵夫人愉快地回答。

这天傍晚，母亲又领着三岁的女儿到了贵夫人舱内，很难为情地说：

"按理说我们不该再给您添麻烦了。我二儿子的长相、嗓音极像死去的婆婆。把他送给您，总觉得像是抛弃了婆婆似的，实在太对不起我丈夫了。再说，孩子五岁了，也开始记事了。他已经懂得是我们抛弃他的，这太可怜了。如果您允许，我想用女儿换回他。"

贵夫人一听是想用女孩儿换走男孩儿，稍有点不高兴，但看见母亲难过的样子，也只好同意了。

第三天上午，轮船快接近北海道的时候，夫妻俩又出现在贵夫人的卧舱里，什么话还没说就放声大哭。

"你们怎么了？"贵夫人问了好几遍。

父亲抽泣地说："对不起。昨晚我们一夜没合眼，女儿太小了，真舍不得她。把不懂事的孩子送给别人，我们做父母的心太残忍了。我们愿意把钱还给您，请您把孩子还给我们。与其把孩子送给别人，还不如全家一起挨饿……"

贵夫人一边听着一边流下同情的眼泪：

"都是我不好。我虽然没有孩子，但也理解做父母的心。我真羡慕你们！孩子应该还给你们，可这钱要请你们收下！这是对你们父母心的酬谢。让它作为你们在北海道做工的本钱吧！"

优点单

[美国] 海伦·P·摩尔斯拉

1959年，我在密苏里达州莫里思市的圣玛利学校做实习教师，教小学三年级。我很爱我的学生，特别是马科·克鲁斯。这男孩很有教养，时常不忘说"请"和"谢谢"。但是，和他这个年纪的其他孩子一样，他也很顽皮。有一次，因为他不守纪律，我把他关在衣帽间，没想到他竟从窗户翻到壁炉再到屋顶，跑了出来。在课堂上他有时也管不住自己的嘴巴，忍不住要说话。尽管如此，我也不会老生他的气，每次我向他指出缺点，他都会谢谢我。而且，他是那么快乐，充满了活力，只要看看他，我就会不由自主地笑。

那年的教学经历也不总是愉快有趣的，为保持课堂纪律我常弄得筋疲力尽。更糟的是，我曾失声达35天之久。我学会了简明扼要地向学生阐明我的观点，以引起他们的注意，如果这一招不奏效，我便做出我的学生称之为"十三点"的怒目圆睁的面孔，他们会很快就安静下来，就连马科也不例外。

虽然实习教师在工作中犯错误在所难免，但我对马科却犯下了一个最大的错误。一天，尽管我一再地提醒，马科自己也特别小心，但他还是忍不住要在阅读课上说话。我失去了耐心，对他说："如果你再说一个字，我就要把你的嘴巴用胶带封起来！"我从没想到要实施这个威胁。谁料不到10秒钟，一个学生报告说："马科又在说话了！"

我想如果这时还不做点什么，恐怕学生以后将会无视我的权威。于是我打开抽屉，拿出胶带，一言不发，走到马科的座位前，用胶带在他的嘴上贴了一个大叉。我走回讲台，边看书边打量马科。他向我皱皱眉，胶带起了作用，我禁不住大笑起来，学生们也哄堂大笑。我耸耸肩，走回马科的座位前，撕下了他嘴上的胶带，全班一阵欢呼。马科仍然很有教养地说："谢谢老师对我的帮助。"

正是通过这件事，我懂得了千万不要在大庭广众之下威胁一个学生，也不要在其他学生面前使一个学生难堪。

第二年，我被调去教初中的数学。五年后，马科又出现在我教的八年级的班上。他还是那么活跃，不过已经学会了在课堂上不随便讲话。对他和其他同学来说，数学是一门较难的学科。那是一个星期五，我敢肯定，学了一周的代数，他们都已筋疲力尽了。这时我突然想到一个主意。因为在把学生的作业本发下去之前，我总要写上几句评语，现在我想知道学生

们怎么评价自己的同学，于是我给他们布置了一个即兴作业：我叫学生把作业本放在一边，拿出一张白纸，写下每一个同学的名字，在名字的下边，写下他们认为的各个同学的优点。那堂课的其余时间，他们便埋头做这个作业，我也写我给他们的评语。观察他们做这个作业还真有趣。我可以看出他们正写着的是谁，他们常常抬起头来，看着一个同学，寻找灵感，然后眼睛会突然一亮，埋头疾书一阵，接着转向另一个同学。那个周末我为每个孩子写下了评语，先抄下同学写的，再在最后写下我的。我想象着当他们读到别人记下自己身上的优点时，他们该多么高兴啊！

星期一我把作业本一发下去，全班都在微笑。"我从来不知道对别人那意味着什么。"我听见一个学生说。"我不知道自己是那么逗人喜欢。"另一个说。

后来再没人提起这堂课。但是这次作业收到了预期的效果——他们对自己充满了信心，对同学充满了喜爱，而且更加热爱学习了。

这学期结束后，马科升入了高一年级，我也和他的家庭熟悉起来。他高中毕业后，我们保持着通信联系。越战期间，他从越南写信给我，告诉我他对战争和死亡有多么害怕。他说他常常做噩梦。我回信给他，告诉他我每天都在为他祈祷，我还把我现任班上的趣事写信告诉他。

1971 年 8 月的一天，我休完假回家，父母到机场迎接我。回家的车上，母亲问了我一些旅途上的事以后，大家都沉默下来。我母亲瞥了父亲一眼，父亲清了清喉咙，这是他要宣布重要事情的前奏。"克鲁斯家昨晚来电话，"他开始了，"马科在越南阵亡。明天将举行葬礼，他们希望你能参加。"我现在还能回忆起父亲是在我们的车开到哪里说出的这段话。

教堂挤满了前来吊唁的人。我排在最后一个，从马科的棺材前走过，我心里的想法只有一个："马科，只要你能重新说话，我愿意把世界上的所有胶带都清除掉。"到了墓地，一个年轻的士兵走上前来，说："您是马科的数学老师吧？"我点了点头，他说："马科时常谈到您。"

葬礼过后，我们到马科家去，马科的父亲对我说："我们想请您看一样东西。"他从口袋里掏出一个钱夹，"他们在马科的身上发现了这个，我们想，您一定认得它。"他打开钱夹，从中间抽出一张破旧的纸，看得出来，

它曾被重复地打开又折上过无数次。我不用读它，一下就知道了这是那张纸，上面是马科上八年级时同学们列出的他的优点。

"老师，感谢您安排了那次作业，"克鲁斯先生说，"马科一直珍藏着它。"

一大群马科的同学围了上来看那张单子。查理不好意思地笑着说："我也保存着那张单子，它在我家书桌最上边一个抽屉里。"

卡科的妻子说："卡科要我把他的那张贴在我们的结婚相册里。"

"我也还保存着，"玛丽莲说，"在我的日记本里。"

薇婕掏出了她的钱袋，把她的那份揉皱的单子拿给大家看。"我到哪儿都带着它。"她说，"我想我们都还保存着自己的那一份。"

我禁不住失声痛哭。

诚然，我对学生的鼓励在他们的成长中起了非常重要的作用，但更重要的是，我从马科的身上也学到了很多东西。那时我只是一个实习教师，但正是从那时起，我开始懂得了上帝将那么多学生交给我，不仅是让他们能够学习，而且是让我也能够学习。现在我在大学任教，每当回想起过去，我都觉得应该把马科看成我最伟大的"老师"——那个顽皮的、爱说话的、总是微笑的小男孩教会了我要宽容待人，这是我不可或缺的一课。现在我正在教给我所有的学生这门课。这就是我所想到的最好的纪念马科的方式。

你的信，寄出去了吗？

佚　名

因为搬家要整理些东西，那个下午我分外忙碌。在书橱的最下方，居然翻出一个大信封，里面是三个贴着邮票却没有封口的信封。我想在扔掉之先看看里面都写了什么。

这是看起来最旧的一封，年代久远，字迹已经有些模糊。不过，涂改的痕迹很明显，还有不少的语法和拼写错误。看了署名，原来是我写给祖

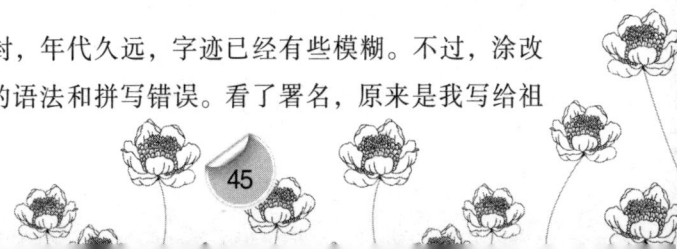

母的。

我十岁那年，祖母作了一次长途旅行，去了犹他州的姑姑家，一去就是一年。而之前，我们还未曾分开过。这封信，应该就是那时候写的吧。信里，我倾诉了一个小女孩对亲人的想念，提到了祖母最爱的雏菊，甚至还写到邻居家一条叫做斐文的狗。信的末尾，我还用非常肯定的语气写道："您一定很想念我，因为我爱您！"完全是小孩子的口吻！而我，已经完全不记得自己曾写过这么一封信了，并且也忘记了是什么缘故让这封写好的信没有被寄出去，甚至在邮票贴好之后。从日期推算，信写了没多久，祖母就结束旅行归来。奇怪的是，似乎我没有跟她提起过信的事情。再后来，这封信就完全被忘记了，直到现在。

我上中学一年级参加考试的时候，祖母突发脑溢血。等我赶回家，她已经永远地离开了我们，我都没来得及跟她道别。我，她最小的孙女也是她最疼爱的孙女，因为不善表达和羞于表达，那么多年，从来没有说过"我爱你"。没有谁知道我是多么的懊悔！这封信触及了我心底柔软的伤口，多年来的疼痛开始蔓延。如果当初我把这信寄出去，或者在祖母回来后给她看，哪怕一眼，祖母会有如何的欣喜，而我，也就不会在多年后的现在暗自垂泪了。

我悄悄抹去眼泪，打开第二封信。"亲爱的里德……"一看开头，我就知道，这是写给他——我的初恋的。那是一段美好的日子。那是我们刚上高中的时候。可也就是在高二的那个圣诞节，我们吵了一架。原因早已不记得，只记得吵得很厉害，彼此都不肯让步。那个年纪的我们，从来就不懂珍惜，有的只是任性和伤害。我们固执地不肯原谅对方。半年后，里德一家搬到马萨诸塞了，他没有跟我告别，我的初恋就这样结束了。严格地说，这不算一封情书，虽然措辞仍然很强硬，却还是委婉地表示了让步。如果读过这封信，傻瓜都可以看出我是那么爱他！地址、班级、姓名都写上去了，邮票也贴好了，信却没有寄出去。我已经记不起为什么会改变主意，只知道那时候我是个多么骄傲倔强的女孩子啊！从那以后，我真的再也没有遇到过像里德那么好的男孩子。

前不久，听莉莎说，里德准备下个月结婚，新娘很漂亮。还能说什么呢？我只能深深地叹了口气。

最后一封信，我都有些紧张了。被错过的、失去的那些，无疑在吞噬着我的心。这是封写给我小学数学老师斯格尔太太的信。会写什么呢？就在前几天，爸爸在电话里还说起她在"老人之家"企图自杀，幸亏抢救及时，现在仍然住在医院里。爸爸说准备过几天去看望她，斯格尔太太曾经也是爸爸的老师。她是个胖胖的女人，戴着一副金丝眼镜，极为和善。她待我很好，像对她自己的孙女。她教了我四年的数学。直到现在，我的数学仍然是最棒的。

大学里第一次考试，我的数学拿了全系最高分，自然非常激动，信就是在拿到成绩后写的。信里，我用有些自豪的语气告诉了斯格尔太太这一喜讯，也充满感情地回忆了当年她教我时的情景和我发自内心的感激。遗憾的是，这仍然是一封没有发出的信。年轻的我们，总是有更多新奇的事情让我们操心。这封心血来潮的作品，也因为一时找不到地址而被忘记了。爸爸在电话里说，斯格尔太太现在一个人待在"老人之家"，身体不大好，觉得自己毫无作用，看不到生活的意义，所以才会自杀。如果，我不禁想，只是如果，她能收到我的这封信，该有多么大的慰藉啊！

三封信，摆在我的面前。加州下午的阳光很温暖，从窗户里照进来。不知何时，我已经泪流满面了。其实，我们原本可以做很多事情，我们完全来得及，可我们总是有这样那样的理由来推脱。我们以为幸福上了保险，今天睡去，明天醒来，一切照旧，原样摆好。我们以为会来得及，不会错过任何东西。可是，我们真的错了。

那天，我放下手里所有的工作，做了几件事情：开了五个小时的车去祖母的墓地，把信放到她的面前。我相信，上帝会让她看见的，虽然也许迟了很多很多年……

从莉莎那里打听到里德的地址，把这封信和一份结婚礼物一块寄了过去。我在附上的信里说明了原委，信的末尾写道：我是多么希望你们永远幸福！

打电话给爸爸，请求他等我月底回家时一块儿去看望斯格尔太太，我要亲自把信读给她听，并且告诉她：你对我们是多么重要……

我亲爱的朋友，你的信，都寄出去了吗？

树荫下，有一个特殊的地方

爱萨贝尔

我在道斯城的一家店发现了那条长椅。只看了一眼，我就认定，一定要买下它。椅子面是光滑的木板，在长椅靠背处的顶端，有一个鸟儿的小木屋。"你打算把它安在哪里呢？"丈夫罗伯特问我。

说实话，我也不知道哪里可以安放它。但是凭我的直觉，我似乎知道某个地方需要这条长椅。"等等你就知道了。"我说。

我们把长椅搬上了运货卡车，朝着北部驶去。14年前，我和丈夫在那里买下了一栋小房子，安下了我们的家。

到家后，我们把长椅暂时放在房前的院子里。坐在长椅上的我望着家门前的小溪出神。

这条小溪以前时常涨水。从我家门前望去，视线被一片小树林阻挡。年复一年，在我辛勤的劳作下，这条小溪涨水形成的沼泽地没有扩大。我挖深了小溪，这样，即使发大水，小溪也不容易涨水了。我还用手推车一车一车地运土，把堤岸加高。这些劳作累得我肌肉酸疼，有一次我还差点滚进河里，但我仍然坚持整修这一带。

"我们是否应该放松一下？你这样做到底是为了什么？"罗伯特常常会这样问我。

"我想，我必须这样做。"我说。我把花种撒在这一片我修整出的山坡上。也许有人会认为我走火入魔了，但我却觉得，这是我对自然界的爱的表达。但是为了什么呢？我不清楚。

现在，当我坐在门前的时候，我敢肯定，这条长椅应该被安放在"那边"。"罗伯特，"我说，"我们把长椅放到小树林里去吧，到河那边，快来！"

罗伯特温和地一边抗议着，一边帮我把长椅搬过去。我们走过一座小桥，穿过小树林，来到一片林中清理出的树荫下。我把柳枝弄弯，插在椅背上。从林中找到一些树桩，当成咖啡桌，摆在长椅旁边。我坐下来，长长地舒了一口气。

但回到家中，一个想法一直缠着我，我觉得还有一件事应该去做。我从书架上取下一本书——《倾听自然》，这是一本自然风景画册，里面收集了自然山水的大照片和特写。我拿出一张纸，在餐桌旁坐下来，写道："欢迎光临！非常高兴你能发现我们这个特殊的地方。现在，请坐下来，休息一会儿。翻开这本好书，读一读吧。我们希望你能给我们写信，告诉我们，你从哪里来，说说你的见解……欢迎再来！"

我把这张纸条夹在书里，再夹上笔，把它们放进一个塑料袋里，然后，用一个木盒子装好，带到河对岸去。我把这些东西放在长椅的下边。

"你打算把那本好书丢在野外，让那些动物去糟蹋吗？或者让陌生人把它捡走吗？"罗伯特不解地问。

"别出声！我们看看会发生什么事。"

不久后，罗伯特和我离家外出旅游。但是，即使身在外地，我还是不时想到那条长椅。回家的当天，我几乎迫不及待地冲过小河，冲过松树和杨树的小树林，直奔那条长椅。

我紧张地将手伸向塑料袋，拿出那本自然风景画册，把它翻开。

一页又一页，几乎每一页的空白处，都留下了我们不认识的人的话语……他们来自全国各地，在此野营，发现了这样一个特殊的地点。一位母亲写，她抱着还是婴儿的小女儿在这条长椅上坐过，她们看见两只鹿在这条小河边喝水。"上帝保佑你，"她写道，"你为人们创造了这么美的一个去处。"另外一段感谢的话来自安迪，一位12岁的小男孩，他和父母从亚特兰大来此旅游。"这地方真的太迷人了！"他感叹道。人们写下了祝福的话语，甚至诗句，有的问道："谁为完全不相识的人创造了这么一个舒适的去处呢？"

我做这些到底为了什么，一阵喜悦涌上我的心头。回答渐渐清晰：为了与人们一起分享大自然的恩赐，也为了回报大自然的美好，把心中的祝愿与人们分享。此刻我感到了幸福。

妈妈哭泣的那一天

[美国] 杰拉德·莫尔

很久以前的一个昏暗的冬日，那天，我刚收到了一本心爱的体育杂志，一放学就兴冲冲地往家跑。家，暂时属于我一个人：爸爸上班，姐姐出门，妈妈新得到一个职业，也要过个把钟头才会回来。我径直闯进卧室，"啪"一声打开了灯。

顿时，我被眼前的景象惊住了：母亲双手掩着脸埋在沙发里——她在哭泣。我还从未见她流过泪。我走过去，轻轻地抚摸着她的肩膀。"妈妈!"我问道，"出什么事了?"

她深深地吸了口气，勉强露出一丝笑容。"没有，真的。没什么大不了的事。只是，我那个刚到手的工作就要丢掉了，我的打字速度跟不上。"

"可您才干了三天啊，"我说，"您一定会成功的。"我不由地重复起她的话来。在我学习上遇到困难，或者面临某件大事时，她曾经上百次地这样鼓励我。

"不。"她伤心地说："没有时间了。很简单，我不能胜任。因为我，办公室的其他人不得不做双倍的工作。"

"一定是他们让您干得太多了!"我不服气，她只看到自己的无能，我却希望发现其中有不公。然而，她太正直，我无可奈何。

"我总是对自己说，我要学什么，没有不成功的，而且，大多数时候，这话也都兑现了。可这回我办不到了。"她沮丧地说。

我说不出话来。

我已经十六岁了，可我仍然相信母亲是无所不能的。记得几年前我们卖了乡下的宅院搬进城里时，母亲决定开办一个日托幼儿园。她没受过这方面的教育，可这难不倒她。她参加了一个幼儿教育的电视课程，半年后就顺利结业，满载而归了。幼儿园很快就满员了，还有许多人办了预约登记。家长们夸她，孩子们几乎不肯回家了。她赢得了人们的信任和爱戴。

这一切在我看来都是自然而然、顺理成章的事。母亲能力很强，这不过是个小小的证明罢了。然而，幼儿园也好，双亲后来购置的小旅馆也好，挣的钱都供不起我和姐姐两人上大学。我正读高中，过两年就该上大学了，而姐姐只剩三个月时间了，时间逼人。母亲艰难地寻找挣钱的机会。父亲再也不能多做了，除了每天上班，他还经营着大约三十公顷的地。旅社卖出几个月后，母亲拿回家一台旧打字机。机子有几个字母老是跳，键盘也磨得差不多了。我管这东西叫"废铜烂铁"。

"好点儿的我们买不起。"母亲说，"这个学手可以了。"从这天起，她每天晚上收拾好桌子，碗一洗，就躲进她那间缝纫小屋里练打字去了。缓慢的"嗒"、"嗒"、"嗒"声时常响至深夜。

圣诞节前夕，我听见她对父亲谈到电台有个不错的空缺。"这想来是个有意思的工作，"她说，"只是我这打字水平还够不上。"

"你想干，就该去试试。"父亲给她打气。

母亲成功了。她那高兴劲儿真叫我惊异和难忘，她简直不能自制了。

但到星期一晚上，第一天班上下来后，她的激动就悄然而逝了。她显得那样劳累不堪，一副筋疲力尽的样子。而我无动于衷，仿佛全然没有察觉。

第二天换上父亲做饭拾掇厨房了，母亲则留在自己屋里继续练着。"妈妈的事都顺利吗？"我向父亲打听。

"打字上还有些困难，"他说，"她需要更多的练习。我想，如果我们大家多帮她干点活儿，对她会有好处的。"

"我已经做了一大堆事了！"我顶嘴道。

"这我知道。"父亲心平气和地回答，"不过，你还可以再多做一点儿。她去工作首先是为了你能上大学读书啊！"

我根本不想听这些，气恼地抓起电话约了个朋友出门去了。等我回到家，整个房子都黑了，只有母亲的房门下还透着一线光亮。那"噼啪"、"噼啪"的声音在我听来似乎更缓慢了。

第二天，就是母亲哭泣的那一天。我当时的惊骇和狼狈恰恰表明了自己平日太不知体谅和分担母亲的苦处。此时，挨着她坐在沙发上我才慢

慢开始明白。

"看来，我们每个人都是要经历几次失败的。"母亲说得很平静。但是，我能够感到她的苦痛，能够觉着她的克制，她一直在努力强抑着感情的潮水。猛地，我内心里产生了某种变化，伸出双臂抱住了母亲。

终于，她再也把持不住自己，一头靠在我的肩上抽泣起来。我紧紧抱住她不敢说话。此时此刻，我第一次意识到母亲的天性是这样的敏感，她永远是我的母亲，然而她同时还是一个人，一个与我一样会有恐惧、痛苦和失败的人。我感到了她的苦楚，就像当我在她的怀抱里寻求慰藉时，她一定曾千百次地感受过我的苦闷一样。

这阵过后，母亲平静了些。她站起身，擦去眼泪望着我，说："好了，我的孩子，就这样了。我可以是个差劲的打字员，但我不是个寄生虫，我不愿做我不能胜任的工作，明天我就去问问，是不是可以在本周末就结束这儿的工作，然后就离去。"

她这样做了。她的经理表示理解，并且说，和她高估了自己的打字水平一样，他也低估了这项工作的强度。他们相互理解地分了手。经理要付给她一周的工资，但她拒绝了。

时隔八天，她接受了一个纺织成品售货员的工作，工资只有电台的一半。她说："这是一项我能够承担的工作。"

然而，在那台绿色的旧打字机上，每晚的练习仍在继续，夜间，当我经过她的房门，再听见那里传出的"噼啪"声时，思想感情已完全不同于以前了。我知道，那里面，不仅仅是一位妇女在学习打字。

两年后，我跨进大学时，母亲已经到一个酬劳较高的办公室去工作，担负起比较重要的职责了。几年过去，我完成了学业，做了报社记者，而这时的母亲已在我们这个地方报社担任半年的通讯员了。我学到了许多东西，母亲在困境中也同样学到了很多。

母亲再也没有同我谈起过她哭泣的那个下午。然而，每当我遭受挫折，当我因为骄傲或沮丧想要放弃什么时，母亲当年一边卖成衣、一边学打字的情景便会浮现在眼前。由于看见了她一时的软弱，我不仅学会了尊重她的坚强，而且，自身的潜在力量也被激发出来。

前不久，为给母亲62岁生日做寿，我帮着烧饭、洗刷。正忙着，母亲走来站到我身边。我忽然想到那天她搬回家的旧打字机，便问："那个老掉牙的家伙哪去了？"

"还在我那儿，"她说，"这是个纪念，你知道……那天，你终于明白了，你的母亲也就一个人。当人们意识到别人也是人的时候，事情就变得简单多了。"

真没料到她竟知晓我那天的心理活动。我不禁为自己感到好笑了。"有时，"我又说，"我想你会把这台机子送给我的。"

"我要送的。不过，有个条件。"

"什么条件？"

"你永远不要修理它。这台机子几乎派不上什么用场了。但是，正因为如此，它给了我们这个家庭最可贵的帮助。"我会心地笑了。"还有，"她说，"当你想去拥抱别人时，就去做吧，不要放弃。否则，这样的机会也许就永远失掉了。"

我一把将她抱住，心里涌起深深的感激之情。为了此时，为了在这么多年的岁月里她所给予我所有的欢乐时刻。我说："衷心地祝愿您生日快乐！"

现在，那台绿色的旧打字机仍原样摆在我的办公室里。每当我苦思冥想地构思一个故事，几乎要打退堂鼓时，或者当我怜悯自己时，我就在打字机的滚轴上卷上一页纸，像母亲当年那样，吃力地一字一字打出来。这时，我心里就会升起一种东西，一种回忆，不是对母亲的挫折，而是对她的勇气——自强不息的回忆。

母亲问：你努力拼搏了吗？

[美国] 约翰·约翰森

在约翰森的记忆中，最难忘的一件事，就是小时候跟着母亲被洪水追逐奔跑的情景。

那是 1927 年，约翰森住在阿肯色州，当时他只有九岁。一天，密西西比河上游的一座堤坝决了口，河水滚滚而来。男人、女人、孩子和各种动物等，凡是能跑的，都纷纷向着附近的另一座大堤上逃命。

洪水在约翰森身后奔腾着。母亲抓住他的手，拉着他快跑。她抓的那么紧，他觉得手可能要断了。这是一场生命的赛跑，当时他们不知道能不能跑过洪水。

他们眼看洪水朝他们冲过来时，母亲发疯似地加快了奔跑的速度。她一边跑，一边死死拉着约翰森。他的两脚都离开了地面。洪水淹到他们腰部时，他们爬上了那座堤坡。很多只手一齐伸来，把他们拉到了堤上，他们得救了。但是所有的财产都化为乌有了。洪水过去，他们从头开始了新的生活。

母亲生于黑人家庭，只念完小学三年级就因家庭贫困辍学了。

但是，母亲是乐观开朗的，总是怀有某种希望。约翰森 10 岁时，她就到了阿肯色州去当佣人，后来还在当地教堂等地方工作过。

人们都称呼母亲叫"格特小姐"。她身体健壮，意志坚强，总是面带笑容，挺胸抬头地走路，是一个气质不凡的女性。她尝过各种痛苦的滋味，可以说是历经磨难。正是这些磨难，造就了她那不凡的人格。她不再害怕未来的任何挑战。

约翰森的父亲为人友善，但他对家庭没有尽到责任。在约翰森六岁的时候，他在工厂的一次事故中去世了。一年后，母亲嫁给了一个叫詹姆斯·威廉斯的送货人。他是一个好继父，约翰森和他从未发生过口角，部分原因是约翰森母亲是家庭的主宰。她对孩子实行严格的纪律管束，常用一根鞭子来强化她的教育。

他们没有钱，但并不太贫困，这是他们这个家庭的明显特点。约翰森从没有挨过饿。冬天家里有暖气，夏天他们就开动那台老式制冰机自制冰棍。在约翰森的整个童年里，他总在盼望他们的处境能再好一点：不要看到到处是肮脏的垃圾，不要看到父母整天像奴隶一样地干活。

那时候，阿肯色州不给黑人提供中学教育的机会。1931 年秋天，约翰森八年级就要毕业了，眼看也要开始过祖先们那种做苦工的日子了。但是

母亲下定了决心，要改变约翰森的命运，她认为只要肯努力，无论干什么都能成功。阿肯色州没有黑人就读的公立中学，但芝加哥和其他北方城市有这样的学校。成千上万的黑人，因为孩子在那里能上中学而移居过去。母亲认为：如果他们攒够火车票钱，他们也能去，但这笔路费对他们家来说，可不是一笔小数目。

约翰森母亲的梦想，是把她的儿子带到能让他接受良好教育的城市里，并且希望他将来能出人头地。一旦选定某种目标，他的母亲就会寄希望于它，为它奋斗，不达目的绝不罢休。这不是一个普通母亲能够做到的。

1932 年 6 月，约翰森小学毕业了。这时他们家连去小石城的路费都不够，更不用说去芝加哥了，但这并没有使母亲发愁。她更加拼命地干活挣钱。堤坝工地上所有做饭、洗衣的活她都包了，只要有活儿她都来者不拒。整个夏天，母亲都在发狂地工作。约翰森也没闲着，在母亲忙不过来时，他就去帮忙，他们要为 50 个工人洗衣做饭。

夏天一天天过去了，他们发现到开学前还是挣不够去芝加哥的路费。母亲的梦想看来在这一年实现不了了。于是母亲做出了一个决定，她对约翰森说："你就一直待在小学八年级，直到我们有足够的钱去芝加哥为止。"她不想让约翰森从此游手好闲起来，也不愿让他去做苦力。为了避免这两种可能，他选择了重读小学八年级。

有人嘲笑他们，邻居们也说他母亲疯了，他们说，这孩子将来还不一定成什么样子呢！她们认为不值得为他做出这么大的牺牲。母亲什么话也没说，她只是一个劲地干活，攒钱。

又过了一年多的时间，母亲仍然没有动摇她的决心。就连继父对这样的决定都产生了动摇的念头时，她仍然一如既往。上天不负苦心人，1933年 7 月，他们终于存够了路费！那一天，母亲的脸朝北方注视了很久。

继父这时不愿意走了，他想尽办法要把母亲留在阿肯色市。他警告母亲说："我们去芝加哥是走向灾难！到了那里就会失业，冬天就要被冻死！"母亲深深地爱着继父，但她却做出了义无反顾的抉择！她离开了继父，只身带着约翰森去了这个陌生的城市。这是她一生所采取的最果断的行动之一。到了火车站，她一定很难过。但是当他们上火车时，她却没有丝毫的

犹豫。她爱约翰森的继父，但她更关心约翰森的教育。

上了火车，约翰森激动万分，心里充满了希望，又有点害怕。他已经15岁了，他将走一条与祖先不同的道路。

在芝加哥，母亲很快找到了一个佣人的工作。一年后，继父终于相信了母亲的能力，他也来了，他们又重新生活在了一起。约翰森上了杜萨勒尔中学，并且以优异的成绩毕业。1942年，约翰森想创办一本叫《黑人文摘》的杂志。他要筹集500美元作为发信征集订户的邮费。一家贷款公司说，如果他能够提供抵押，他们就可以贷款给他。

这几年，在约翰森的帮助下，母亲买了几件新家具。当他请母亲拿家具作担保来贷款时，他第一次看到母亲犹豫了。那是她好不容易才买到的家具，她不想失去它。他再三央求母亲，想说服她答应，最后她说："这事我得和上帝商量一下。"

一周内，他几乎每天都问母亲，上帝同意没有，她总是说："没有，我还在祈祷。"于是他就和她一起向上帝祈祷。母亲让步了，说："我想上帝同意我把它给你。"

1943年，《黑人文摘》创办成功，约翰森可以做他多年来梦寐以求的一件事了，那就是——让母亲退休，她再也不用工作了。当他对母亲说，她今后的生活费用完全由他承担时，母亲哭了，他也哭了。那种获得解放和成功后的激动心情，他在此之前从来没有体会过，在此之后，也再没有体会过。

从1918年开始，到母亲去世的59年里，约翰森与母亲几乎天天见面，不见面就打电话。他到过俄罗斯，到过非洲和法国。但他至少一天给母亲打一次电话。一次，他在海地出差，当他走进电话亭给母亲打每天一次的例行电话时，他的同事取笑他，但他知道母亲需要这个电话。

每逢遇到难办的事情时，约翰森就给母亲打电话，跟她倾诉。她总是说："你会成功的。"

有一周，约翰森的生意陷入低谷，这是他人生中最难熬的一周，他说："妈妈，看来我真的要失败了。"

母亲鼓励他说："孩子，你拼搏了吗？"约翰森说："是的。"

母亲又问他："你真正努力了吗?"约翰森说:"是的。"

母亲说："孩子,不管什么时候,只要你努力拼搏了,你就绝不会失败。真正的失败,是你不去拼搏。"在母亲的鼓励下,约翰森终于走出了困境。

不管从体魄上,还是从精神上来看,母亲都是一位坚强的女性。约翰森就是靠她这种顽强的精神营养,才一路走了下去。

风的故事

[英国] 莫汉·库马

男孩侧着头,聆听着风的声音,他的眼睛睁得大大的,仿佛同意风说的话。

黄昏,夕阳给男孩的脸涂上一层光辉。公园里的人几乎都走了。有两只鸭子摇晃着走向池塘,游入池中。

男孩坐在公园的长椅上,两条腿快乐地摇晃着。他不知道父亲是否也听到了风的声音,男孩扭头看了看父亲。

父亲的脸上没有光辉,眼睛也没有看池塘,耳朵也听不到风的声音。他正看着手提电脑的屏幕,脑子里思考着屏幕上的数字。他皱着眉,看看手表。再有一个小时,他要把男孩送回前妻家。

他以前很愿意带儿子出游,但后来,他离婚了,生意也难做了。现在,他只能在前妻同意的情况下带儿子出来。前妻总在他最忙的时候允许儿子见他。下周就要开董事会了,有些材料必须准备好。

男孩拉拉父亲的衣袖。

"你要干什么?"父亲问他,眼睛没离开电脑。

男孩轻声问:"爸爸,你听到风说话了吗?"

父亲摇摇头,他没注意儿子在问什么,手指继续敲击键盘。

整个池塘都洒满了金色的阳光,池里的鸭子好像游在一个神话的世界里。一只小麻雀从池边树上掠下,飞到椅子旁,伸出尖尖的小嘴啄食。它看到了男孩，跳走了。男孩高兴地笑了，微风抚着他的小脸。

他叫道："爸爸！"

父亲叹了口气，目光从电脑上移开，转向男孩。"你有什么事？"他的语气有些不耐烦。

"我问你听到风说的话没有？"男孩咬着嘴唇。

父亲一时没明白："谁在说话？"

"风！"男孩加重了语气说，"风在说话！"

父亲说："没有，我什么也没听到。"

男孩说："不对，风在说话。"

父亲关上电脑，伸手摸摸男孩的头发，疲惫地笑着说："是吗？风对你说了些什么？"

男孩靠在椅背上，双手抱膝，说："风说你错过了看太阳落山。"

"噢，是的。"父亲舒展了一下疲惫的双臂，又说，"我刚才没听到风说话，我在工作。"

男孩笑了，说："对，风说你太忙了，都感觉不到时间了。"

父亲说："孩子，爸爸工作是为了挣钱。"

"为什么要挣钱？"

"钱可以买食物，买衣服，买住的房子，还可以做很多事情，比如请教练，买冰淇淋。"

"那么，我长大后也要挣钱吗？"

"是的，有了钱你就可以拥有所有的好东西。"

"那，我也得像你一样带着电脑，整天盯着它看吗？"

父亲停了一下，不确定地说："也许吧。"

"那我就听不到风说话，也看不到落日了。"

"你可以在假期里听风说话嘛！"

"可我想天天听。"

"那你就必须挣很多钱。"

"为什么？"男孩问，"看落日也要付钱吗？"

父亲沉默了几分钟，他摸了摸男孩的头。他看到了金色的池塘，看到

了池塘中的鸭子；他感觉风正吹着他的脸。

"不，"父亲说，"不必付钱。但所有人都得挣钱。有时，我们会很忙、很累；有时，我们会没时间看落日。"

男孩还是不明白："为什么？看看天空又不用花钱，而且也不用花很长时间。"

父亲决定不再辩论。孩子还太小，不明白什么是生活，父亲于是顺着他说："我想你是对的。"

男孩灿烂地笑了，抓住父亲的手，说："爸爸，你肯和我一块儿听风说话了？"

"是的。"

两个人静静地坐着。风变凉了，吹在身上有些冷，却吹走了父亲脸上的疲惫；他的眉头舒展了，眼睛变亮了。

"爸爸，你知道吗？风会讲一百万种语言。"男孩刚刚学会用"一百万"这个词，所以他总喜欢用。

"是吗？"

"是啊，风吹过每个地方，要跟每个人交谈，所以风必须懂一百万种语言。"

"那风一定很聪明。"

"风是很聪明。风给我讲故事。有时，在晚上睡不着觉的时候，我会打开窗让风进来。风告诉我各个地方、各种人的事，给我讲沙漠和海洋、冰山和岛屿。"

"真不错！不过，你读的童话故事是不是太多了？别陷在书里了。"父亲有些为男孩担忧。

男孩笑着："不，爸爸，我没陷在里面，出不来。"

天已经渐渐黑了，上千万颗星星在闪光。父亲说："我们该走了，妈妈在等你呢。"

他们起身走出公园。男孩想：池塘里的鸭子在哪儿睡觉呢？他决定等一会儿问问风。

在母亲的家门口，男孩亲了亲父亲，父亲答应下个周末来看他。

父亲回到家，换上睡衣，倒了杯咖啡，坐在桌前，打开电脑开始工作。他感到有些头痛，就打开了窗户。窗户已经很久没打开过了，满是灰尘。

窗外空荡荡的，窗玻璃上反射着邻家的电视屏幕，他听到他们在谈笑。窗外没有风，他闻到空气中有香水味、汗味和烟味。

他又想起了儿子说的话。他有很久没有仰望过天空，不再注意空气中大海的咸味了！

他抬起头，希望风会吹来。风果真来了！先是微弱的，然后慢慢强劲起来。他闻到了海，闻到了灌木丛，闻到了沙漠风暴，闻到了深海中的冰山。

他用力呼吸着，清新的空气滋润着他的肺部。他记起了许多往事，包括小时候对世界的疑问和好奇。他的记忆里竟然是那么的色彩缤纷。

他回到桌前，关上电脑，把椅子拖到窗前，坐了下来，把双脚放在窗台上。然后闭上眼睛，想着儿子。风正从窗前吹过。

"很久以前……"风用温柔的声音向他讲述。多么熟悉啊，他被带回到了童年和童话故事里。

男孩在另一个地方听着风的故事，他知道父亲和他一起在听，风已经告诉他了。夜晚，月光给男孩的脸颊涂上了一层银辉。

天知地知

[美国] 詹姆斯·兰费蒂斯

他当时 11 岁，一有机会就到湖中小岛上他家的那个小木屋旁钓鱼。一天，他跟父亲在薄暮时垂钓，挂上鱼饵后，用卷轴钓鱼竿放钓。鱼饵划破水面，在夕阳照射下，水面泛起一圈圈涟漪；随着月亮在湖面升起，涟漪化作银光粼粼。渔竿弯折成弧形时，他知道一定是有大家伙上钩了。父亲投以赞赏的目光，看着儿子戏弄着那条鱼。终于，他小心翼翼地把那条精疲力竭的鱼拖出水面。那是条他从未见过的大鲈鱼！

趁着月色，父子俩望着那条煞是神气漂亮的大鱼。它的腮不断张合。

父亲看看手表，晚上 10 点——离钓鲈鱼的最佳时间还有两小时。

"孩子，你必须把这条鱼放掉。"他说。

"为什么？"儿子很不情愿地大嚷起来。

"还会有别的鱼。"父亲说。

"但不会有这么大啊！"儿子又嚷道。

他朝湖的四周看看。月光下没有渔舟，也没有钓客。他再望望父亲。

虽然没有人见到他们，也不可能有人知道这条鱼是什么时候钓到的，但儿子从父亲斩钉截铁的口气中得知，这个决定丝毫没有商量的余地。他只好慢吞吞地从大鲈鱼的唇上取出鱼钩，把鱼重新放进水中。那鱼摆动着强劲有力的身子没入水里。小男孩心想：我这辈子休想再钓到这么大的鱼了。

那是 34 年前的事。今天，这男孩已成为一名卓有成就的建筑师。他父亲依然在湖心小岛的小木屋生活，而他带着自己的儿女仍在那个地方垂钓。

果然不出所料，那次以后，他再也没钓到过像他几十年前那个晚上钓到的那么棒的大鱼了。可是，这条大鱼在他的眼前一再闪现——每当他遇到道德课题的时候，就能看见这条大鱼。因为他父亲教导他，道德只不过是对与不对的简单事，可是要身体力行却不容易。我们能否做到没人看见时也循规蹈矩呢？如果有门路能及时送出设计图，我们会不会拒绝走这条路？又或者，我们得到了我们不该知道的内幕消息，会不会拒绝做股票内幕交易呢？要是小时候有人教过我们把鱼放回水中，我们会做得到的。因为我们从中学会了明辨是非。

一次择善而从，在我们的记忆中会永远地留下清香。这是一个足以让我们自豪地讲给朋友和儿孙们听的故事，并不是讲我们怎样投机取巧，而是讲我们如何做得对，就此自强不息。

助人者，就是天使

[美国] F·奥斯勒

纽约城的老报人协会定期聚餐，席间大家常常讲些往事助兴。这天，老报人威廉·比尔先生（这个协会的副主席）讲了一段自己的经历。

比尔 10 岁那年，妈妈死了；接着，爸爸也死了，留下 7 个孤儿——5 个男孩和 2 个女孩。一个穷亲戚收留了比尔，其他几个则进了孤儿院。

比尔靠卖报养活自己。那年月，报童有菜园里的蚂蚁那么多，瘦小个子的并不容易争到地盘。比尔常常挨揍，吃尽苦头。从炎热的夏日到冰封的隆冬，比尔在人行道上叫卖。小小的年纪，他已学会愤世嫉俗。

一个暮春的下午，一辆电车拐过街角停下，比尔迎上去准备通过车窗卖几份报。车启动的时候，一个胖男子站在车尾踏板上说："卖报的，来两份！"

比尔迎上前送上两份报。车开动了，胖男人举起一角硬币只管哄笑。比尔追着说："先生，给钱！"

"你跳上踏板，我给一角。"他哈哈笑着，把那个硬币在两个掌心里搓着。车子越来越快。

比尔把一袋报纸从腋下转到肩上，纵身一跃想跨上踏板，脚却一滑仰天摔倒。他正在爬起，后边一辆马车"吱"的一声擦着他停下。

车上一个拿着一束玫瑰花的妇人，眼里噙着泪花，冲着电车骂粗话："这该死的灭绝人性的东西，可恶！"然后又俯身对比尔说："孩子，我都看见了。你在这儿等着，我就回来。"随即对马车夫说，"马克，追上去，宰了他！"

比尔爬起来，擦干眼泪，认出拿玫瑰花的妇人就是电影海报上画着的大明星梅欧文小姐。

十分钟后，马车转回来了，女明星招呼比尔上了车，对马车夫说："马克，给他讲讲你都干了些什么。"

"我一把揪住那家伙，"马克咬牙说，"左右开弓把他两眼揍了个乌青，又往他太阳穴补了一拳。报钱也追回来了。"说着，把一枚硬币放在比尔的手中。

"孩子，你听我说，"梅欧文对比尔说，"你不要碰到这种坏蛋就把人都看坏了。世上坏蛋是不少，但大多数是好人——像你，像我，我们都是好人，是不是？"

好多年后，比尔又一次品味马克痛快的描述时，猛然怀疑起来：只那么一会儿，能来得及追上那家伙，还痛痛快快地揍他一顿吗？

不错，马车甚至连电车的影子也没追着，它在前面街角拐个弯，掉过头，便又径直向孩子赶来，向一颗受了伤充满怨恨的心赶来。而马克那想象丰富的哄骗描述，倒也真不失为一剂安慰幼小心灵的良药，让小比尔觉得人间还有正义，还有爱。

比尔后来还经历过千辛万苦。他没有上过正规学校，仅凭自学当上了记者，又成了编辑，还赢得了新闻界的声誉。他的弟弟妹妹们后来也都团聚了。

比尔向他的报界同仁说：

"谢谢上帝，艰难困苦是好东西，我感激它。不过我更要感激梅欧文小姐，感激她那天的火气、她眼里的泪花和她手中的玫瑰，靠了这些，我才没有沉沦，没有一味地把世界连同自己恨死。"

你很棒，你很快

[英国] 威廉·兰格伦

那时，我住在海湾地区。母亲来看我，待了几天。在她逗留的最后一天，我准备出去跑步。工作于极单调的环境中，我发现早上出去跑跑步是非常有益的。临出门时，母亲对我说："我不认为跑步对身体是有好处的——那个著名的长跑运动员死了。"

我开始向她讲述我所读过的关于吉姆·菲克斯的报道，跑步可能正是他比他的大多数家人活得更长的有益因素，但我清楚我的话完全没有击中要害。

当我开始在我中意的小道上跑步时，我发现我无法动摇母亲的观点。我是如此的泄气，以至于我几乎无法再跑下去了。我开始想，为什么我会对跑步有些厌倦了？

那些坚持跑步的人可能会认为我的样子荒唐可笑。我可能会在路上心脏病发作的——我父亲在50岁时患了致命的心力衰竭症，而他看上去要比我壮实得多。

母亲的话如同一张巨毯一样盘旋在我的头上。我由缓跑变成了步行。我感觉自己被彻底地击败了。现在，我已经是年近半百的人了，但我仍希望能够从母亲那里得到一句鼓励的话，同样会发疯般地让自己去追求一种也许永远无法得到的赞许。

正当我打算在两英里的标牌处转过身往家走的时候，感觉比记忆中的任何时候都要泄气。我看见一位华裔老先生正从这条小道的对面朝我走来。我曾看到他在早上散步，我总会向他喊："早上好！"他也会微笑着朝我点点头。在这个特别的早晨，他从路的另一边走到了我的这一边，站在了我的跑道上，迫使我停了下来。我有些生气，母亲的评价已破坏了这一天的情绪，而现在这个人还挡住了我的路。

我当时正穿着一件T恤，是我的一个朋友在过中国春节时从夏威夷给我寄来的——它的正面是3个汉字，背面是檀香山的中国城风景。他从远处看见了我的T恤衫，才挡住了我的路。他用蹩脚的英语指着T恤衫上的汉字兴奋地说："你会说（汉语）吗？"

我告诉他我不会讲汉语，这件T恤衫是一个在夏威夷的朋友送来的一件礼物，我感觉他没能全部听懂我的话。接着，他非常热情地说："每次看到你……你很棒……你很快。"

唉，我既不棒，也不快。但那天当我离去时，双脚突然有了一种无法解释的弹力。

在那个我先前曾想半途而废的地方，我没有转过身，而是又继续往前跑了6英里多，你知道，那天早晨我的确很棒，在精神上和心灵里，我的确很快。

因为那句微不足道的赞美，我继续跑了下去。最近，我跑完了我的第四次檀香山马拉松长跑。今年的目标是纽约的马拉松比赛。我知道我不可能会在比赛中获胜，但现在，只要在我心里产生一点儿消极反应时，我就会想起那位中国先生，他确信："你很棒……你很快。"

玫瑰泪

[美国] 威廉姆斯·科贝尔

我急匆匆地赶往街角的那间百货商店，心中暗自祈祷商店里的人能少一点，好让我赶快为孙儿们购买好圣诞礼物。到了商店一看，不禁暗暗叫苦，店里的人比货架上的东西还多。

好不容易挤到了玩具部的货架前。一看价钱，我有点儿失望，这些玩具太廉价了，我相信我的孙儿们肯定连看都不会看它们一眼。不知不觉中，我来到了娃娃通道，扫了一眼，我打算离开了。这时，我看到了一个大约五岁的小男孩，正抱着一个可爱的洋娃娃，不住地抚摩她的头发。我看见他转向售货小姐，仰着小脑袋问："你能肯定我的钱不够吗？"那位小姐有些不耐烦："孩子，去找你妈妈吧，她知道你的钱够不够。"说完她又忙着应酬别的顾客去了。那小可怜儿仍然站在那儿，抱着洋娃娃不放。我有点儿好奇，弯下腰，问他："亲爱的，你要把她送给谁呢？""给我妹妹，这洋娃娃是她一直特别想得到的圣诞礼物。她只知道圣诞老人能带给她。"小男孩儿说。"噢，也许今晚圣诞老人就会带给她的。"小男孩儿把头埋在洋娃娃金黄蓬松的头发里："不可能了，圣诞老人不能去我妹妹待的地方……我只能让妈妈带给我妹妹了。"我问他妹妹在哪里，他的眼神更加悲伤了，说："她已经跟上帝在一起了，我爸爸说妈妈也要去了。"

我的心几乎停止了跳动。那男孩接着说："我告诉爸爸跟妈妈说先别走，等我从商场回来再走。"他问我是否愿意看看他的照片，我告诉他我当然愿意了。他拿出一张照片。"我想让妈妈带上我的照片，这样她就永远不会忘记我了。我非常爱我的妈妈，但愿她不要离开我。但爸爸说她可能真的要跟妹妹在一起了。"说完他低下了头，再不说话了。我悄悄从自己的钱包里拿出一些钱。我对小男孩说："你把钱拿出来再数数，也许你刚才没数对呢？"他兴奋起来，说道："对呀，我知道钱应该够的。"我把自己的钱悄悄混到他的钱里，然后我们一起数起来。当然现在的钱足够买那个洋娃娃了。"谢谢上帝，给了我足够的钱。"他轻声说，"我刚刚在祈求上帝，给我足够的钱买这娃娃，好让妈妈带给我妹妹，他真的听到了。"然后他又说，"其实我还想请上帝再给我买一枝白玫瑰的钱，但我没说出口，可他知道我妈妈非常喜欢白玫瑰。"

几分钟后，我推着购物车走了。可我再也忘不掉那男孩儿。我想起几天前在报纸上看到的一条消息：一个喝醉酒的司机开车撞了一对母女，小女孩死了，而那母亲情况危急。医院已宣布无法挽救那位母亲的生命。她的亲属只剩下了决定是否维持她生命的权利。我心里安慰着自己——那小男孩当然不会与这件事有关。

两天后，我从报纸上看到，那家人同意了拿掉维持那位年轻母亲生命的医疗器械，她已经死了。我始终无法忘记那商店里的小男孩儿，有一种预感告诉我，那男孩儿跟这件事有关。那天晚些时候，我实在无法静静地坐下去了。我买了一捧白玫瑰，来到给那位母亲举行遗体告别仪式的殡仪馆。我看见她躺在那儿，手拿一枝美丽的白玫瑰，怀抱着一个漂亮的洋娃娃和那男孩儿的照片。

我含着热泪离开了，我知道从此我的生活将会改变。

妈妈的手

[美国] 姆丽尔·玛逊

姆丽尔·玛逊是詹姆士·玛逊夫妻的大女儿，他们住在内布拉斯加的奥克达尔，爸爸是个很受人尊敬的农民。姆丽尔爱这个老农场，感到它像天堂一样。她从没有离开过它，直到她进了林肯大学。

姆丽尔在林肯大学读大二那年夏天，天气非常热，姆丽尔坐卧不安，她不知道是什么让她烦躁。也许像弟弟汤姆说的那样，因为她爱上了年轻教授布里安。她每天都看布里安的来信，这些信的意义太大了。她每天都去看信箱，一看到有信，她的心就跳了起来，心中升起一阵快乐，她抓起信，迫不及待地撕开信封，读了起来：

亲爱的姆丽尔：

噢，亲爱的，我要放假了！这三天假日比我预期得要早，我要与你一起在农场度过假期。亲爱的姆丽尔，我只有三天时间，我希望这三天能与你一起度过。我要了解你的家人，爱他们。你回到学校好像还有好长时间，我迫不及待要见到你。我将在29日到奥克达尔，就是星期六晚上。那时再见。

布里安，福布斯

姆丽尔被信中的甜蜜话语弄得心乱跳不止。布里安真的在意她！他要来亲口告诉她。突然姆丽尔的情绪又沉了下去，她将信装在信封里，慢慢地向农场走去，她第一次发现她们家的小房子那么破。布里安教授要到家里来！她不敢相信这是真的。母亲在往炉子里添煤，姆丽尔一走进厨房，第一眼就看见了母亲光着的手，尖叫起来："妈妈，我给你买的手套呢？看你的手都成了什么样子了！"

可怜的母亲！她抬起了红红的脸，有些道歉的意思，说戴不惯手套。厨房里太热了，到处弥漫着煮芜菁的味道。母亲的脸烤得红红的，正从热炉子上取出第五张馅饼。姆丽尔又想起了布里安教授：风度翩翩的布里安教授看到这一切会怎么想她们一家人？她恨自己有这样的想法。她的眼睛湿润了，她希望母亲的生活少点艰辛，比起她在城里看到的女性生活，妈妈的生活真是太可怜了。然而妈妈却一点儿都不自怜，她属于典型的乐观主义者。姆丽尔拿起了水桶，告诉母亲她去拎水，母亲点着头，继续做馅饼。她突然问姆丽尔收到信没有，姆丽尔怀着不安的心情告诉母亲，教授要来他们的农场住三天。

母亲高兴地说她和爸爸都欢迎他来。这时父亲站在门口，正冲着姆丽尔笑。姆丽尔拿起水桶跑向水泵，一想到必须从井里一桶一桶地打水，心里就不舒服，她恨自己总是干这些。可是过去，在没上林肯大学之前，她总是非常快乐地打水。两年的大学生活让她发觉这里的生活太原始了。当她拎着水进屋时，大弟汤姆正在洗脸。他抬头看着她做着鬼脸，她真恨不得一桶冷水都泼在他背上。她的另外两个双胞胎弟弟比尔与鲍勃正在后门廊里玩闹，问她："姐姐晚饭吃什么呀？我们都饿了。"

她没理他们，径直走进厨房放好桌子。妹妹小简妮又眼巴巴地在那看着，张着胳膊，她饿得像只熊。妹妹叫道："我饿了，妈妈，还有多长时间吃饭？"

母亲微笑着："饭马上好了，姆丽尔，你去院外把玛丽与玛格丽特叫回来。快点，姆丽尔，水煮肉团来了！"

爸爸弯下身来，温柔地吻着母亲。他看到姆丽尔走进来，问她教授男朋友什么时候到。她告诉爸爸教授明天到，她说自己有些心烦，不知道他为什么要来。爸爸一听哈哈大笑起来，对她眨着眼睛说，教授来的原因很简单，完全是因为她。爸爸看到姆丽尔还是不高兴，他的脸沉了下来："孩子，不会是因为老爸老妈让你感到羞耻吧？"

姆丽尔的脸红了，急忙否认了爸爸的话，她对爸爸说："才不是呢！为什么我要那样呢！但是，爸爸，他的生活习惯跟我们的不同，他的家像个宫殿。"

"我明白，"爸爸说，"你想告诉我他来自于一个非常富有的家庭，"爸爸的脸突然变得很严厉，又说，"但是，如果他心里真的有你的话，那么这些都不是问题。如果他不是那样，那你最好还是早些知道。"

那天夜里很热，姆丽尔兴奋地想着心事。布里安的英语说得很好，他将会怎么想她几乎没什么文化的父母呢？怎么想大弟汤姆的懒惰，双胞胎弟弟的粗野，还有妈妈那双手……她想知道是否他真的了解像他们这样的人家。最让她担心的就是妈妈的这双手。她想起布里安曾说过，手能显示出人的特性。她想到母亲的手：皱痕、裂缝、厚厚的老茧。一想到这些，她真的畏惧布里安的到来。接着，她又责怪自己不应该有这种想法，没有比母亲再好的母亲了，虽然她的手并不漂亮。她知道，他看到他们家的情

况这么糟糕，她不会再听到他的甜言蜜语了。

第二天，全家人都处在迎接姆丽尔男朋友的兴奋中。

农场离奥克达尔火车站只有五英里远，汤姆决定开车去接布里安。此时姆丽尔也想开了，就算布里安不喜欢她家的真实环境，他们两个之间都要保持真实。当她从窗子里向外看时，在不远的田地对面有两个身影坐在一个篱笆围栏上，他们正在热切地交谈。其中一个是爸爸，而另一个，当然不会是布里安教授！她走进厨房洗脸，理理裙子。

"你能给一个可怜人一点吃的吗？"一个人说着走了进来。姆丽尔转过头，惊讶地看到布里安在冲她微笑，温柔的眼睛在望着她，她惊呆了。

"是这样，"布里安上前拉起她的手解释说，"我没有什么事，所以就提前来了。我已经遇到了你父亲和汤姆，还有那两个双胞胎弟弟。你怎么样，亲爱的姆丽尔？"

她尽最大的热情欢迎他，心里一直想着晚饭吃什么。因为，母亲和女孩们的责任是要准备好一顿丰盛的晚餐。

姆丽尔希望双胞胎兄弟不要再闹了，不要说那些英语土话。母亲的手也不要更糟了。她想起了布里安母亲的手，是那样漂亮，她很欣赏那双手。她发现布里安正在注视着母亲的手，他的脸上带着奇怪的表情。姆丽尔努力忍住眼泪，提醒自己不要为母亲的手羞愧，正是母亲这双手送她上的大学。如果布里安不喜欢这双手，她和他在一起还有什么意思。姆丽尔吃着饭痛苦地沉默着。比尔和鲍勃大声地讨好着布里安，让他做他们的拳击教师，看起来布里安很愿意做这件事。

布里尔又拿起一张馅饼，说："这是我吃过的最好的苹果馅饼。"

母亲高兴得脸都红了，热情地说："再来一张吧！"

"好的。"他大笑着回答。

话题转到了农场上，布里安提问，爸爸开始吹嘘起他房子的大小与他的猪来了。姆丽尔注意到布里安深思着，眼睛看着邻近的厨房。

"今天午后我必须出去转转，看一看这里最重要的商业，玛逊先生，你愿意与我一起去吗？你看过在奥克达尔的新实验站吗？"布里安问。

午后父亲和布里安一起出去了，姆丽尔看着他们离去。

接下来她们开始准备晚饭，却发生了一件事情，最好的计划被击碎了。临近做晚饭时，妈妈的背部突然痛起来，妈妈病倒了。姆丽尔叫汤姆去奥克达尔请医生，她的心被恐惧占据了，母亲的脸色苍白，疼得昏了过去。玛丽与玛格丽特哭了起来。双胞胎弟弟不在家，现在只有简妮和姆丽尔一起想主意，但是简妮还不会说话。

突然，折腾停止了，妈妈的头沉到了枕头里，她已经闭上了眼睛。玛丽尖叫着唤妈妈醒来。

这时姆丽尔听到爸爸与布里安回来了。他们听到哭声急忙来到楼上。一看到妈妈毫无生气的脸，爸爸脸色苍白，眼中的神采都没有了。他跪在床边，耳朵放在妈妈的胸口上。"冷水，快!"爸爸叫着，"她只是昏过去了，准备热水，姆丽尔，你去叫医生了吗?"姆丽尔点点头。

妈妈苏醒过来了，正巧汤姆带着医生跑上楼来。医生给妈妈做完检查说:"她是疲劳过度了。"

布里安协助医生忙了两个小时的急救，其余的人都帮不上忙。最后妈妈露出了虚弱的微笑，虽然脸色苍白，但危险过去了。医生告诉她:"活儿太累了，天又热。"

爸爸的眼睛从没有离开过妈妈的脸，他脸上的恐惧还没有离开。

"玛莎，"他哆嗦着小声说，"你做了厨房的每一件事情，做了太多的苹果馅饼，"他站起来吻着她的脸，"你差点离开了我们，而我们还没有意识到你为我们做了那么多的牺牲。"

母亲的胳膊搂着父亲的脖子，她对着他的耳边说着什么，孩子们听不到。就在这时，布里安来到姆丽尔身边，他的眼睛里闪着泪光。他拉起姆丽尔的手，悄悄地向楼下走去。

我的几个先生

[中国] 巴 金

我的第一个先生就是我的母亲。我已经说过，使我认识"爱"字的是她。在我幼小的时候，她是我的世界中心，她很完满地体现了一个"爱"字。她使我知道人间的温暖，她使我知道爱与被爱的幸福。她常常用温和的口气，对我解释种种事情。她教我爱一切的人，不管他们或贫或富；她教我帮助那些在困苦中需要扶持的人；她教我同情那些境遇不好的婢仆，怜恤他们，不要把自己看得比他们高，动辄将他们打骂。母亲自己也经过不少的逆境，在大家庭里做媳妇，这苦处是不难想到的。但是，母亲从不曾在我的眼前淌过泪，或者说过什么悲伤的话。她给我看见的永远是温和的、带着微笑的脸。

我在一篇短文里说过："我们爱夜晚在花园上面天空中照耀的星群，我们爱春天在桃柳枝上鸣叫的小鸟，我们爱那从树梢洒到草地上面的月光，我们爱那使水面现出明亮珠子的太阳。我们爱一只猫，一只小鸟。我们爱一切的人。"这个"爱"字就是母亲教给我的。

因为受到了爱，认识了爱，才知道把爱分给别人，才想对自己以外的人做一些事情。把我和这个社会连起来的也正是这个"爱"字，这是我全部性格的根底。

因为我有这样的母亲，我才能够得到允许和仆人、轿夫们一起生活。我的第二个先生就是一个轿夫。

轿夫住在马房里，那里从前养过马，后来就专门住人。有三四间窄小的屋子，没有窗，是用竹篱笆隔成的，有一段缝隙，可以透进一点阳光。每间房里只能放一张床，还留一小块地方做过道。

轿夫们白天在外面奔跑，晚上回来在破席上摆了烟盘，把身子缩成一堆，挨着鬼火似的灯光慢慢地烧烟泡。起初在马房里抽大烟的轿夫有好几个，后来渐渐地少了。公馆里的轿夫时常更换。新来的年轻人不抽烟，境遇较好的抽烟的人便到烟馆里去，只有那个年老体弱的老周还留在马房里。

我喜欢这个人，我常常到马房里去，躺在他的烟灯旁边，听他讲各种各样的故事。他有一段虽是悲痛却又丰富的经历。他知道许多许多的事情，也走过不少地方，接触过不少人。他的老婆跟一个朋友跑了，他的儿子当兵死在了战场。

他孤零零地活着，在这个公馆里他比别人更知道社会，而且受到这个社会不公平的待遇。他活着也只是痛苦地挨日子。但是他并不憎恨社会，他还保持着一个坚定的信仰：忠实地生活。用他自己的话就是："火要空心，人要忠心。"他这"忠心"并不是指奴隶般地服从主人，他的意思是忠实地依照自己的信仰活下去。他的话和我母亲的话完全两样，他告诉我的都是些连我母亲也不知道的事情。他并不曾拿"爱"字教我，然而他在对我描绘了这个社会的黑暗面，或者叙说了他自己的悲痛经历以后，就说教似的劝告我："要好好地做人，对人要真实，不管别人待你怎样，自己总不要走错脚步。自己不要骗人，不要亏待人，不要占别人的便宜……"

我一面听他这一类的话，一面看他那黑瘦的脸、陷落的眼睛和破衣服裹住的瘦得见骨的身体。我看见他用力从烟斗里挖出烧过两次的烟灰去拌新的烟膏，我心里一阵难受，但是以后禁不住想，是什么力量使他到了这样的境地还说出这种话来？

马房里还有一个天井，跨过天井便是轿夫们的饭厅，也就是他们的厨房。那里有两个柴灶。

他们做饭的时候，我常常跑去帮他们烧火。我坐在灶前一块石头上，不停地把干草或者柴放进灶孔里去。我起初不会烧火，看看要把火弄灭了，老周便把我拉开，他用火钳在灶孔里弄几下，火就熊熊地燃了起来。他放下火钳得意地对我说："你记住，火要空心，人要忠心。"的确，我到今天还记得这样的话。

我从这个先生那里略略知道了一点社会情况。他使我知道在家庭以外还有所谓社会，而且他还传给我他那种生活态度。日子一天天像流星似的过去，我渐渐长大起来，我的脚终于跨出了家庭的门限。我认识了一些朋友，也有了新的经历，在这些朋友中间我找到了第三个先生。

他是《半月》的一个编辑，我们举行会议时总有他在场；我们每天晚上在商场楼上的报社办事的时候，他又是最热心的一个。他还是我在外国语专门学校的同学，班次比我高。

我刚进去不久，他就中途辍学了。他辍学的原因是要到裁缝店去当学徒。他的家境虽不宽裕，可是还有钱供他读书，但是他认为"不劳动者不得食"，说"劳动是神圣的事"。他为了使自己的言行一致，毅然脱离了学生生活，真的跑到一家裁缝店规规矩矩地行了拜师礼，订了当徒弟的契约。每天他坐在裁缝铺里勤苦地学着做衣服，傍晚下工后才到报社来服务。

他是一个近视眼，又是初学手艺，所以每晚他到报社来的时候，手指上密密麻麻地满是针眼。他自己倒高兴，毫不在乎地带着笑容向我们叙述他这一天有趣的经历。我们不由得暗暗地佩服。他不但这样，同时还实行素食。我们并不赞成他的这种苦行，但是他的毅力和刻苦的精神却让我们齐声赞美。

他还做过一件让我们十分感动的事，我曾把它写进了我的小说《家》。事情是这样的：他是《半月》的四个创办人之一，他担负大部分的经费。刊物每期销一千册，收回的钱很少。同时我们又另筹钱刊印别的小册子，他也得捐一笔钱。这两笔款子都是应当按期缴纳，不能拖延的。

他家里是姐姐管家，不许他"乱用"钱。他找不到钱就只好拿衣服去押当，或是当棉袍，或是当皮袍。他怕姐姐知道这件事，出去时总把拿去当的衣服穿在身上，走进当铺后才脱下来。当了钱就拿去缴月捐。他常常这样办，所以闹过热天穿棉袍的笑话，也有过冬天穿夹袍的事情。

我这个先生的牺牲精神和言行一致的决心，以及他不顾一切毅然实行自己主张的勇气和毅力，给我以巨大的影响。我第一次在他的身上看见了信仰所开放的花朵。他使我第一次知道一个人的毅力会做出什么样的事情。母亲教给我"爱"，轿夫老周教给我"忠实"（公道），朋友教给我"自己牺牲"。我虽然到现在还不能够做到像他那样"否定自己"，但我的行为却始终受这个影响的支配。

尽你所能，为别人服务

[美国] 约·华德

约·华德的妈妈对他说："成功并不仅表现在会赚钱，成功意味着多做有益于他人的事。"

1976年8月，约·华德从芝加哥西北大学医学院毕业了。在毕业典礼上，当他被点到名字时，起身走到台上去领取毕业证书。院长把证书递给他之前，请他的父母站起来。妈妈和爸爸惊异地从观众席上站起来，互相看了看，不知道到底发生了什么事。

院长告诉在场所有的人，约·华德的父母是来自意大利的移民，他们是从芝加哥城外的一个农场赶来的，他们想方设法把自己的六个孩子都送进最好的大学和研究生院读书。院长说完，人们大声欢呼起来："真了不起！"

母亲满脸喜悦，得意洋洋。约·华德明白，他们所取得的一切成就都应该归功于父母，尤其是他的母亲。他们小时候，她就是他们的辅导老师。长大以后，他才感觉到母亲是那么得了不起。

母亲出生在意大利北部的一个小镇上。16 岁时，她以班上第一名的成绩从中学毕业，随后进了一所文秘学校，后来在一家铁路公司担任行政秘书。

约·华德的父母是 1944 年结婚的。父亲是个性情温和又头脑聪颖的人，他 17 岁就离开了意大利。

结婚后，母亲就辞职了，她把心思都放在了家里。到了 1950 年，家里已经有了三个孩子。父亲把家搬到离芝加哥 40 英里的一个农场里。到 1958 年，家里已经有了六个孩子，妈妈每天都乐呵呵的。

妈妈没有读过如何做家长的书，但她知道怎样养育孩子。她使孩子们的自信心得到增强，她还帮助他们挖掘自身的潜力。

那年秋天的一天，约·华德坐在餐桌前，妈妈正在削土豆皮。她起身望着窗外正在开拖拉机的爸爸，自豪地说："你爸爸真能干，他太了不起了！"

母亲也希望家里每个孩子都能了不起。她总是说："你们要做的就是竭尽全力达到自己的目的，而我呢，就是助你们一臂之力。"

她每天都念书给孩子们听。她还用自己制作的卡片教他们发音。孩子们取得了哪怕是一点点成绩，她都要给予表扬。约·华德 10 岁时，把一堆木板条刷成白色，然后钉在一起做成了一个书箱。母亲称赞说："太棒了！我们正缺这个。"这个书箱她使用了好多年。

在他们的餐厅里有两幅填色画，是约·华德的姐姐格洛里亚和哥哥利奥小时候画的。几年前，利奥议论说这些画画得不太好，主动要求取下来，但是母亲不答应，她说："这两幅画挂在那里可随时提醒你们，小时候你们就很能干。"

从小，母亲就激励孩子们要有远大的理想，她对他们充满了信心，使他们深受鼓舞。

约·华德的姐姐卡拉12岁时，宣布说，长大了要当一名律师。母亲说："没问题，只要你尽心尽力，任何事情你都能办到。"

母亲认为，良好的教育在取得成功中起着重要的作用。家里四个兄弟姐妹上了附近一所只有一间教室的小学。母亲为孩子们制作教具，给他们讲述历史、政治和时事，辅导他们做功课，以此来弥补学校条件简陋所带来的不足。在得到优秀的成绩后，孩子们最高兴的就是听到她的极力称赞。

上三年级时，她建议学校的老师给孩子们组织一次实地考察活动，去参观芝加哥博物馆。母亲协助老师租了一辆大轿车，和老师一起制定参观计划，还自告奋勇地当向导，指出哪些是历史上的重大事件，详细讲述当地的历史。

到了该上大学的时候，孩子们全都上了大学，这从来就不是个问题。父母为他们做出的牺牲，激励着他们刻苦学习，争取得到奖学金、助学金和学校的其他经济资助。

母亲从不为自己提出任何要求。有一次她对约·华德说："你不必给我买生日礼物，最好还是给我写封信谈谈你自己，把你的生活情况告诉我，让我知道你有什么不开心的事，你过得是否愉快。"

母亲把家庭的荣誉变成了有形的东西。在约·华德上中学三年级时，一次学校要排演音乐节目，他在里面的角色是微不足道的，他只是在乐队里拉低音提琴。他对母亲说："你不用来看我表演了，我只是一个小配角。"

母亲说："哪儿的话呀！我当然要去，因为有你的表演，我就要去看。"结果全家人都去观看了演出。此后第二年，约·华德被选为学校"国家优

秀学生会"的主席，母亲把他上小学的弟弟迈克尔和妹妹玛丽亚从学校接出来，带他们来参加典礼。其他学生的家长也来了，可只有他有弟弟、妹妹在场。

母亲总是让孩子们挤在一起吃早饭和晚饭，一定要他们每个人都干些力所能及的家务活。母亲总是建议孩子们玩一些每个人都能参加的游戏，她还常常和他们一起玩。约·华德记得有一天晚上，她让孩子们迈开大步围着餐桌走，他们一边走一边大笑，电唱机里放着约翰·菲利浦·苏萨的进行曲。母亲说："步子要跟上，无论是行军还是做别的事，都要竭尽全力。"

1977年，当利奥获得加州大学物理学博士学位时，母亲给他写了封热情的长信，对他多年来的刻苦学习加以赞扬。她像往常说的那样，提醒利奥要用自己的知识去帮助别人。她强调："想一想，你拥有了促进人类社会发展的知识，你真是前途无量。"

在母亲的巨大影响下，约·华德才决定要当一名医生的。母亲对他说："尽你所能，为别人服务。"母亲一生都保持着一往无前的精神，一直到她去世。

母亲去世时，有200多人前来参加她的葬礼。利奥在致悼词时说："妈妈为我们倾注了全部心血，她为我们献出了一切，她心里总是想着我们，而唯独没有她自己。"

成长的过程

[美国] 克莱奥尔

比尔记得，小时候，父亲常常俯下高大的身子，把他抓起来，举在空中。他挥着两只小手乱抓，咯咯直笑，母亲看着父子俩，也非常高兴。他在父亲的头顶上，可以看到母亲扬起来的脸、父亲的白牙齿和棕色头发。

接着，他就会高兴地尖叫，要父亲把他放下来。其实，在父亲有力的手臂里，他觉得安全极了。那时他就知道，在这个世界上，最棒的人就是父亲。

有一次，母亲嫌钢琴放得不是地方，与父亲一起把它抬到房间的另一头。他看到母亲的手雪白、小巧，父亲的手宽大、厚实。

比尔长大了一些，会捉迷藏。到吃晚饭时，一听到父亲关车库门的声音，他就屏住呼吸，埋伏在门后。父亲进来了，站在门口笑着问："小家伙呢？"

这时，他就会看一眼正做怪相的母亲，然后从门后跳出来，一下子抱住父亲的双腿。父亲赶紧弯下腰来，大叫道："嘿，这是什么？一只小狗熊？还是一只小老虎？"

后来比尔上学了。他在操场上学会了忍住眼泪，也学会了摔倒抢他足球的同学。回到家里，他就在父亲身上演习白天所学的摔跤功夫。可是，任凭他喘着粗气，使劲摇动，坐在安乐椅里看报的父亲却还是纹丝不动，偶尔会看他几眼，故作吃惊地问："孩子，你在干什么？"

比尔又长大了一点，瘦瘦的却非常结实，像一头小公牛，想与同伴们争斗，试试自己的锋芒。他鼓起手臂上的二头肌，用母亲的软尺量臂围，得意地伸到父亲面前："摸摸看，结不结实？"父亲用大拇指按按他隆起的肌肉，稍一用力，他就大叫一声抽回手臂。

有时，他和父亲在地板上摔跤。母亲一边把椅子往后拖，一边叮嘱父亲："查尔斯，当心呀。不要把他弄伤了！"

一会儿工夫，父亲就会把他摔倒，自己坐在椅子上，朝他伸出长长的两条腿。他爬到父亲身上，拼命挥着两只小拳头，怪父亲不重视他。

"哼，爸爸，总有一天我会摔倒你！"他这样说。

进了中学，踢球、跑步，比尔样样都练。他的变化很快，连他自己也感到吃惊。他现在可以俯视母亲了。

他还是经常和父亲摔跤。但每次都使母亲担惊受怕，她围着父子俩转，一边着急，一边问这样争斗有什么必要。不过每次摔跤都是他输，他总是四脚朝天躺在地板上。父亲低头瞧着他，笑着问："投降吗？"他喘着粗气说："投降。"

"我真希望你们不要再斗了。"母亲最后不安地说，"何必呢？会把自己弄伤的。"

此后，比尔有一年多没和父亲摔跤。一天晚上，他突然想起这事，便仔细地看了看父亲。真奇怪，父亲竟不像以前那样高大，那样双肩宽阔，他现在甚至可以平视父亲的眼睛。

他问："爸，你体重多少？"

父亲慈爱地看着他，说："跟以前一样，190多磅吧。孩子，你问这干什么？"

他笑笑，说："我随便问问。"

过了一会儿，他又走到父亲跟前。父亲正在看报。他一把夺过报纸。父亲惊讶地抬起头，不解地看着他。碰到儿子挑战的目光，父亲眯起眼睛问："想试试吗？"

他说："是的，爸爸，来吧。"

父亲脱下外套，解着衬衫扣子，说："这是你自找的啊。"

母亲从厨房跑出来，惊叫着："天哪！查尔斯、比尔，别弄伤自己！"但父子俩完全不理会。他们光着膀子，摆好架势，眼睛牢牢盯着对方，伺机动手。他们转了几个圈，同时抓住对方的膀子，然后用力推拉，扭着、转着，寻找着对方的破绽，都想摔倒对方。室内只有他们的脚在地毯上的摩擦声和沉重的喘息声。他们偶然也会咧咧嘴，显出被扭疼的样子。母亲站在一边，双手捂着脸，哆嗦着，一声也不敢出。

比尔终于把父亲压在身下，命令说："投降吧！"

"没那事！"父亲说着，猛地一下推开比尔，于是争斗又开始了。

但是，父亲最终还是精疲力竭地躺在了地板上，眼睛里闪着狼狈的目光。儿子冷酷的手，牢牢地钳住了他。他绝望地挣扎了几下，停止了反抗，胸脯一起一伏，喘着粗气。

比尔又问："投降吧？"

父亲皱皱眉，摇了摇头。

比尔的膝头压在父亲身上，说："投降！"他又加了点儿劲。

突然父亲大笑起来。比尔感到母亲的手指正疯狂地拉扯着他的肩膀，她喊道："快点儿，让你爸爸起来，放手！"

比尔没有放手，他俯视着父亲，又问："投降吗？"

父亲止住了笑，湿润着眼睛，说："好吧，我输了。"

比尔站起身，朝父亲伸出一只手，但母亲已抢先用双手拉住父亲的膀子，把他扶了起来。父亲咧咧嘴，对比尔一笑，比尔想笑，却又止住了，问："爸，你没弄伤吧？"

父亲说："没事，孩子，下次……"

"是的，也许，下次……"

母亲这次什么也没说。她知道不会再有下次了。

比尔看看母亲，又看看父亲，突然转身就跑。他穿过以前常骑在父亲肩头进出的卧室门，奔过曾埋伏在门后的客厅门，跑出了屋外。

外面黑黑的。他站在台阶上，仰头望着夜空。满天都是星星，他却看不见，因为泪水已流了下来。

爱是一种牺牲

[美国] 欧·亨利

乔从中西部来到纽约，梦想绘画。迪莉娅从南部来到纽约，梦想搞音乐。乔和迪莉娅是在一间画室里相识的。不久以后，他们成了好朋友并且结了婚。

他们居住在一套狭窄的房子里，却生活得很幸福。直到有一天他们所有的钱都花光了，幸福的生活从此终止了。

迪莉娅决定去做家庭音乐教师。一天下午，她对丈夫说："乔，我找到一位学生，她是一个将军的女儿，性格温顺。一星期我教三节课，一节课五元。"

但是，乔并不高兴。

"我干些什么呢？"他说，"我不能看着你工作，我却坐在这里画画！"

"你真傻。"迪莉娅说，"你必须继续练习绘画。我们一周有 15 元钱，会生活得很幸福的。"

"或许我还能卖掉一些我画的画哩。"乔说。

每天，他们早晨分手，晚上相见。一星期过去了，迪莉娅带回家 15 元。但她却显得有些疲惫。

"这个小姑娘有时很烦，恐怕她不会下苦工夫练习的。但是，那位将军真是一位最可爱的老人！我多么想你能见他一面呀，乔。"

这时，乔从口袋里摸出 18 元。

"我把一张画卖给了一个来自皮奥里亚的人。"乔说，"他还定购了另外一张。"

"我太高兴了。"迪莉娅说，"33 元！以前我们从没有这么多的钱去花费，今晚我们可以吃一顿丰盛的晚餐了！"

第二个星期，乔回到家，把 18 元钱放在桌子上。过了半小时，迪莉娅回来了，她的右手缠着绷带。

"你的手怎么了？"乔问道。

迪莉娅笑着说："那个小姑娘递给我一盘汤，汤溅到我手上了。"

"你今天下午什么时间把手烫伤的？"

"大概 5 点钟吧。那把烙铁——我意思是说那盘汤——是在 5 点左右备好的。你问这个干吗？"

"迪莉娅，来，坐在这儿。"乔说着把她拉到长沙发上，并且坐在她身边。

"你每天都干了些什么，迪莉娅？你真的在做家庭音乐教师吗？告诉我实话。"她哭了起来。

"我找不到一个学生。"她诉说道，"所以，我就在一个洗衣坊里找到一项熨衬衣的工作。今天下午，一个女孩偶然把一把烙铁放在了我的手上，把我重重地烫了一下。但是，告诉我，乔，你是怎么猜出我没有做家庭音乐教师的呢？"

"很简单。"乔说，"因为是我把你的绷带送到楼下洗衣坊的，那里有人不小心烫伤了手，其实我也在你那里工作，我在动力机房里工作。"

"那么，你画的画呢？你卖给那位来自皮奥里亚的人了吗？"

"算了吧！你的将军和他的女儿是无中生有的，那么，我那位来自皮奥里亚的人也是胡说的。"

接着，他们两人都大笑起来。

发现

[美国] 舍伍德·安德森

世界上最奇妙的关系是父子关系。直到安德森有了自己的儿子，他才领悟出这一点。

每个男孩都希望自己的父亲与众不同。安德森从小就希望父亲变成他心目中想象的样子，他希望父亲温文尔雅、举止端庄，让他感到骄傲。当他跟小朋友在一起玩的时候，看到父亲从街上走过，他多么希望自己能自豪地说："看呀，那是我爸爸。"

但是，父亲却不是安德森希望的那样子。那时，在他眼里，父亲总爱炫耀自己。比如，镇上经常举办一些演出。参加演出的有药剂师、鞋店员工、兽医和一大群妇女。父亲总要设法扮演一个滑稽的主角。一次，他在一部有关南北战争的剧里扮演了一个滑稽的角色，引得大家哄堂大笑。大家都觉得他很风趣，但安德森却不以为然。他觉得父亲真是糟透了。他真不明白母亲怎么能忍受父亲，她甚至还和别人一块大笑。要是那个人不是他父亲，他也许会像别人那样大笑不止。

在7月7日或者阵亡将士纪念日的大游行中，父亲不仅要参加，还会走在最前面，装扮成马歇尔什么的，骑着一匹从马房租来的白马。他才不会老老实实地待在马上。他假装从马背上滚落，摔在地上，引得别人哈哈哄堂大笑。可他却一点也不在意，甚至还很得意。

有一次，父亲竟然在大街上出洋相，和安德森在一起玩的孩子们都大笑着冲父亲大喊大叫，他也同样大声喊叫回应他们，跟他们一样开心。安德森一个人跑到了教堂里，在那里痛痛快快地大哭了一场。

有时候，安德森已经上床睡觉了，父亲才满脸通红地回来，还带回一帮朋友来喝酒，他从不会独自一人待着。在他破产以前，经营着一家卖马具的商店，总会有一帮人在那里聚会。他破产是因为赊账太多了，他从不会拒绝别人。在安德森眼里，父亲是个大傻瓜，安德森有点看不起他。

和父亲在一起的人里，也有几个在安德森看来不是游手好闲的人，其中包括他们学校的校长，还有那个沉默寡言的五金店老板，还有那个白发银行出纳员。安德森真不明白他们怎么会愿意和父亲这样的吹牛大王在一起。在他眼里，父亲是个只会吹牛的人。

现在安德森终于明白是什么在吸引着他们。因为在他们那样的小镇里，生活非常单调乏味，而他父亲却让这一切充满了生机。他让大家开怀大笑，他善于编讲故事，甚至还能鼓动人们放声歌唱。

如果晚上不来安德森家，这些人便会去小河边的草地上，在那儿烧烤食物，喝着啤酒，围坐在一起听他讲故事。他讲有关自己的故事，编讲一些好像是亲身经历过的故事。在有些故事里，他把自己说得像个傻子，但他自己却毫不在意。

如果有个爱尔兰人来安德森家，父亲马上就说他自己也是爱尔兰人。他会说自己出生于爱尔兰的某某县，外加一些童年往事。他说得有声有色，如果安德森不知道他出生于俄亥俄州南部的底细，对方也会深信不疑。

如果来的是个苏格兰人，父亲会马上变成苏格兰血统。有时他又会变成德国人或是瑞典人。来的人是什么血统，他便是什么血统。安德森感觉到大家都能识破他的谎言，却依然喜欢和他在一起。小时候，这些都让安德森大惑不解，他不知道母亲是如何忍受这一切的，他一直想问她却没敢问。

父亲破产后，穷困潦倒。他不会再带东西回家。如果家里没了吃的东西，他就外出到农场的其他人家去。不管他到哪儿，都很受欢迎。有时候，他一走便是几个星期。母亲拼命干活，想尽办法不让孩子们挨饿。父亲回来时，会带回一只火腿之类的食物，也许是农场的哪位朋友送给他的。他"啪"的一声把那东西放在厨房的桌上说："这下我的孩子们有东西吃了。"母亲站在一边，微笑地看着他，只字不提他不在家的这几个星期他们是如何熬过来的。有一次，安德森听她对一位邻居说："他可不像这条街上的其他男人那么单调乏味。只要有我男人在家，生活就不会那么沉闷。"

但安德森心里却十分痛苦。有时候他真希望他不是自己的父亲。他甚至还编了另外一个男人是自己父亲的故事。为了让别人相信，他编造了一个秘密婚礼，因为某个特殊原因而不为人知。比如一位铁路局局长或是国会议员，以为妻子死了便娶了母亲，然后发现他妻子还活着，于是便不敢公开和母亲的关系，但安德森还是出生了。安德森不是父亲的亲生儿子，在世界上某个地方，有一个举止端庄的神秘人物才是他真正的父亲。讲着讲着，连安德森自己也快信以为真了。

　　有一天晚上，母亲不在家，可能去教堂做礼拜了。父亲回来了，他离开家两三个星期，不知去哪儿了。他回来时安德森正独自坐在厨房的桌旁读书。外面大雨滂沱，父亲浑身都湿透了。他坐在那儿注视着安德森，很久都没说一句话。安德森心中感到一惊，因为父亲脸上显露出他前所未见的哀伤。他坐了很久，雨水不停地从他身上滴落。过了一会儿，他站了起来。

　　"跟我来。"父亲说。

　　安德森起身随着他走出了家门，心中充满了好奇，却丝毫不感到恐惧。他们沿着泥泞的大路默默地走着，一言不发。

　　安德森不知道究竟发生了什么事儿，心中有一种奇怪的感觉，觉得自己好像在与一个陌生人同行，他不知父亲是否故意营造这种雨夜气氛。

　　出城一里地有一个池塘，池塘很大，大雨中还有雷鸣闪电。走到池塘边的草地上，父亲对他说："脱衣服。"在漆黑的雨夜，他的声音听起来很陌生。

　　安德森开始脱衣服，心中充满了疑虑。借着闪电，他发现父亲也在脱衣服。

　　他们光着身子走进池塘。父亲拉着安德森的手，把他拉进了水里。因为害怕，也因为惊奇，安德森一句话也没说。在这个雨夜之前，父亲似乎从未注意过他。

　　安德森想："他想干什么？"他不太会游泳，父亲把他的手放在自己的肩头上，便向黑暗深处游去。

　　父亲身材魁梧，是个游泳健将。黑暗中安德森感到他身上的肌肉在有力地抖动。他俩一直游到池塘的那头，又游回到入水的地方。雨在下着，风在刮着。游了一会儿，父亲又仰面朝上游着。有时，借着闪电，安德森能清晰地看到父亲的脸。他脸上的神情和他刚走进厨房时一样，充满了哀伤。闪电过后又是一片漆黑。狂风暴雨中，安德森心中忽然升起一种前所未有的感觉。

安德森突然感到他和父亲之间的隔阂消失了。这是一种奇妙的感情，好像世界上只有他们两人存在，又仿佛猛然摆脱了以前的自我意识，突然成熟了。他感觉不再为自己的父亲而感到羞惭了。

他们一下子血肉交融了。在黑暗中，一个游泳健将和他紧紧依偎在他身边的儿子。他们默默地游着，最后上了岸，默默地穿好湿透了的衣服，又默默地走回家。

厨房里亮着灯，他们进去时，浑身都是水。母亲坐在那儿，微笑地看着他们。她问："小伙子们，你们干什么去了？"父亲没有回答。他与安德森一起共同度过的这个沉默的夜晚，最后还是以沉默而告终。他只转过身看了看安德森，然后走出房间。安德森觉得他走出去时，有一种他从未见过的庄严。

安德森爬上楼回到自己的房间，脱衣睡下，却难以入睡，他也不想入睡。他第一次真正认识了自己的父亲。他和自己一样都善于编造谎言。想着想着，安德森不禁在黑暗中笑了。他知道，他再也不会想要另一个人做父亲了，他懂得了父亲不为他所知的另一面。

吾母吾师

[泰国] 宇瓦迪·通萨昆隆朗

瓦迪的母亲是60多年前移居泰国的。母亲跟她讲过许多中国感人肺腑的故事，久而久之，她觉得自己好像也是从中国来的。

瓦迪小时候，也就是母亲刚从中国来泰国的几年，泰语说不明白，周围的泰国人经常拿她取笑，连邻居和小贩都拿她当笑柄。那些泰国人还经

常叫她中国鬼,瓦迪十分愤恨。奇怪的是母亲从来不因为自己讲不好泰语而感到难堪。其实她只是别无选择:从小生活在中国,说惯了中文,现在迁居到泰国,生活在这里,不说泰语是不行的。

母亲的泰语非常不熟练,还带着本地口音,跟当地的泰国人沟通起来很费劲。泰国人说起话来语言流畅,得心应手。母亲可不行,说了半天,对方还是不能准确明白她的意思。

总之,母亲不说话还好,一说话就会让本地人取笑。瓦迪的父亲是土生土长的泰国人,他对母亲生硬的泰语也嗤之以鼻。父亲很有学识,曾经留学英国,是一个非常优秀的男人,瓦迪不明白他为什么会娶母亲这样一个没有学识的异国女人做妻子。他应该找一个有学识有教养的泰国女人,不过在那个年代的泰国,要找个才貌双全的女子可不容易。当时不注重女性的文化教育,大多数女孩都没上过学。父亲当时看到才貌不可兼得,于是选择了后者。

瓦迪的父母之间存在一个重大问题:语言不通。他们不能共享笑话,不能共同讨论当前政治、经济问题。母亲娘家的亲戚来访,就只能跟瓦迪母女聊天;父亲不会说中文,感觉自己是个局外人。每当父亲用泰语吩咐母亲帮他做事时,母亲都表现得很狼狈。由于她听不懂泰语,经常弄得不知所措,好些次都把父亲吩咐的事情做错了。瓦迪那时还小,活在隔膜重重的父母中间日子也不好过,这些麻烦还可以勉强克服,但是自从她上学以后,就有了更大的麻烦。

母亲不会说也不会写泰文,瓦迪认为这些跟她都没有什么关系,可是上学以后,她刚开始学习泰文,母亲就想让瓦迪做她的老师,让她把在课堂上学到的泰文再讲给她。没过多久,瓦迪就感到不耐烦了。母亲有空就让她给她读报,让她给她解释课本上每一幅图画说的是什么。她还得把寄来的信读给她听。读信不难,但是如果来的是公函就惨了,对于刚念三年级的她来说,完全不懂公函上说的是什么。邻居也丝毫帮不上忙,因为在那个时代,泰国人对泰文的认识不见得比母亲高明。最要命的是,和母亲一起看外国电影,因为电影的泰文字幕母亲看不懂,所以她就要做母亲的翻译,一边看一边回答母亲的提问,不停地告诉她这个女人说了些什么,

那两个人在讨论什么。

瓦迪上四年级后的一天，母亲翻出她的旧笔记本、旧课本，开始学习泰文。那时候，她不但没有以母亲的学习精神为荣，反而觉得这是她有生以来最痛苦的日子。她被迫做了母亲的教师。当时母亲36岁，她还未满10岁，母亲对字母、发音、语法、字义等等无所不问。有很多问题，不是她没学过，就是还不能理解。

通常晚饭之后，母女二人坐在饭桌两侧。瓦迪做功课，母亲学泰文。母亲拿着她的旧课本读，遇到不懂的字就去问她。有时母亲拼错了，她就得站起来，看看究竟是什么字。她说出读音、字义，母亲就用简单的泰文或中文记下来，不久，那些旧课本写满了密密麻麻的字，成了母亲的读书笔记。

现在，瓦迪回忆起和母亲一起学习的情形，她觉得那时做功课收获最大，也最有趣。她教给母亲的泰文，母亲可以马上应用到生活中去。母亲传授给她的中国文化，不但让她增长了很多见识、学到了很多中文，还懂得了很多道理。比如一起读泰文本《伊索寓言》的时候，母亲会给她讲些类似的中国寓言，又给她讲很多中国的格言和古训，还特意搜集新材料说给她听，以免她长大后对中国文化一无所知。

现在瓦迪明白了，她和母亲一起坐在饭桌前读书的那些夜晚，她学到了很多东西；当年她却认为那是在浪费她的时间。她就读的那所基督教学校主张多做功课，数学、泰文、英文等科目的功课都很多，每天回家一边急着写作业，一边还要教母亲认字，所以每次母亲发问时她都很不耐烦。但母亲从来不生她的气，或者即使生气了，她那个年纪也没当回事儿。她回想起那段经历，只记得母亲泰然自若地坐着，任她的女儿发牢骚，然后继续发问，毫不气馁。

瓦迪心想：如果换了是我，可能早就半途而废了。可是母亲没有，她在求学路上的飞速进步让人难以置信，连母亲自己都感到很惊讶。短短的五年时间里，她就掌握了一种语言，而且很熟练，她可以读任意一本泰文书，无论是小说、史书还是报纸。泰语娴熟了之后，她又开始学英语。

瓦迪心底里一直不相信母亲可以把泰文学得读写毫无差错。所以，现在每次收到母亲的信她都视为奇迹。这奇迹使她在日常生活上越发独立。母亲和她那一代大多数女人一样，整天在家做家务，很少外出。于是，母亲平时除了做家务，就听收音机的广播剧。那时候，女人的一生只有工作、等待，等待孩子和丈夫回家。

母亲跟瓦迪学习泰文之前，常常独自枯坐，一坐就是几个钟头，皱着眉头默不作声，一脸烦恼，使她看起来比实际年龄老很多。

瓦迪还记得在她小时候，有一次看见母亲一个人坐着想心事，就凑了过去，问她："你在做什么？"没想到母亲突然发火，大声叫着把她赶出房间。她不明白母亲为什么无缘无故地冲她发火，当时十分愤恨。后来她才知道母亲发脾气的原因。一个客居异国的人，要摆脱孤独和痛苦，就必须了解当地的人，以及他们的语言和文化。

母亲学会泰文以后，仿佛打开了另一个世界的门。她开始了解泰国事、泰国人了。她脸上的神情总是无忧无虑，以前从来没看见她这么开心。现在她可以和周围的人友好地相处，服药也不必先请人看药瓶上的标签。她可以自己看报纸、读书、看电影，她可以跟任何一个泰国人自由自在地交谈，最最重要的是签署文件的时候，不必请别人看会不会上当。没有人再把她当成累赘，她自己摆脱了无知。

母亲现在还做了瓦迪孩子们的老师。瓦迪天天忙着工作，没有太多时间和孩子们在一起，于是母亲毫不犹豫地担当起照顾孩子的重负。她不但把孩子们的饮食起居照顾得很好，还把她自己过去的艰苦学习和生活的经验归纳总结成宝贵教训，传给外孙们。她告诉他们，无论做什么事，最初看起来总是困难的，甚至是根本无法实现的，这时你也不要放弃，只要你锲而不舍，总会有成功的那一天。

母亲用标准的泰国口音跟孩子们谈话，似乎是要用事实来证明她的道理，她说泰语自然流畅，不再像当初那样含混不清。每当瓦迪听见母亲以泰国人口音教孩子说泰语，她都会含笑想起母女俩当年在潮湿闷热的夜晚，怎样一起学习泰语。不过母亲从不夸耀自己的成就，只是简单地说，要让孩子们挺起胸膛，做外祖母的当然不能先弯腰驼背。

母亲发愤求学，对瓦迪的影响很大。当年每晚给母亲讲解泰文，不但培养了她掌握语言的能力，还让她了解了语文的本质，也让她在学习他国语言的时候，碰到不明白的地方不会气馁。她明白只要稍微多用功，什么困难都可以克服。无论是指导助手办事还是教导儿女，她都会把话讲得清楚明白。而更重要的是，她学会了耐心地去帮助别人。除此以外，她还明白了一个道理：求学是没有年龄限制的，求学需要的只是努力和恒心。和母亲一样，她36岁才开始学习一些从前没机会学的科目。

我能行

[美国] 卡尔·克里斯托夫

小时候，我认为父亲是世界上最吝啬、最小气的人。我敢肯定他根本不想让我拥有那辆梦寐以求的自行车。

在许多事情上，父亲和我的看法很不一致。我们又怎么可能一致呢？我是个10岁的小流浪儿，最大的幸福就是想出办法让自己少工作一些，好有时间去我家附近的黄石公园狂玩一阵。而父亲是个工作努力、任劳任怨的人。在我梦寐以求的自行车出现在马克·法克斯的商店之前，父亲和我已经在柴房里就我兜售报纸的方式理论过几次了。

我卖报赚的钱，一半交给母亲，用于添置衣服；四分之一存入银行，以备将来之用；只有剩下的四分之一才归我支配。所以，我只有多卖报，手里的钱才会多起来。于是，我不断努力提高我的销售份额。我的办法是：在推销时，竭力唤起别人的同情心。比如，夏季的一天，我在黄石操场高声喊着："卖报，卖《蒙大拿标准报》，有谁愿意从我这个苦命的长着斗鸡眼的孤儿手里买份报纸？"恰巧那时，父亲从一个朋友的帐篷里出来。他把我押回家，我们进了柴房，他把给我的报酬从四分之一削减到八分之一。

两星期后，我的收入又下降了。我的朋友杰姆进门时，我正和家人吃饭。他把一堆硬币放在桌上，并要我给他报酬，即5分钱。我难为情地给了他。我用5分钱骗他替我卖报纸，这样，我就有空去养殖场看鱼玩。父亲立即看穿了我的"把戏"，然后，在柴房里，父亲铁青着脸说："儿子，你应该知道，杰姆是我老板的儿子。"我的收入缩减到十六分之一。

说来惭愧，没过多久情况变得更糟了。因为父亲注意到我时不时地吃蛋卷冰激凌，而这应该是我缩减了的收入所不能担负的。

后来，他发现我收集别人丢弃的报纸，剪下标题，寄给出版商，作为报纸没卖出的证明。然后，出版商补偿了我。因为这个，父亲把我的收入削减到了三十二分之一。很快，我差不多是分文不进了。

身无分文并没让我很苦恼，直到有一天，当我在法克斯商店闲逛时，一辆红色的自行车闯入了我的眼帘，就再也从我的眼前挥之不去了。我觉得它是世界上最漂亮的车。它激起我最奢侈的白日梦：我梦见自己骑着它越过山坡，绕过波光粼粼的湖泊、小溪，最后，疲惫而快乐的我，躺在长满野花的僻静的草地上，把自行车紧紧抱着，紧贴在胸口。

我走到正在修理汽车的父亲身边。

"要我做什么吗，爸爸？"

"不，儿子。谢谢。"

我站在那儿，看着地面，开始用靴尖刮地，把车道都快刮干净了。

"爸爸？"

"哦？"

"爸爸，今年你和妈妈不必送我圣诞节礼物了。今后 20 年也不用送了。"

"儿子，我知道你很喜欢那辆自行车。可是，咱们买不起啊！"

"我会把钱还你的，加倍还！"

"儿子，你在工作，你可以存钱买它啊！"

"可是爸爸，你总是要拿走一部分去买衣服。"

"杰克，关于那一点，我们早已谈妥了。你知道，我们都应该尽自己的力。来，坐下来，让我们想想办法。如果你一个月少看两场电影，少吃三个蛋卷冰激凌，少吃两袋玉米花。如果你不去买弹子玩……噢，这个夏天，你就能存 3 美元了。"

"可爸爸，买自行车需要 20 美元。那样节省，我仍然差 17 美元。照那样的速度，还没买到车我就老了。"

父亲忍不住笑了："儿子，我可不这样想。""有什么好笑的。"我咕哝道。这么严肃的事，他居然会笑，我简直气坏了。我转过身，背对着他。突然，一个奇怪的念头在我脑海里一闪，也许我真的能做一些我认为不可能的事。

就把它当成一次挑战吧！被父亲的强硬路线所激怒，受那份对自行车的挚爱感情所驱使，我开始不辞辛苦地工作、攒钱。我拼命地卖报，不看电影，不买玉米花、冰激凌。30 分，65 分，1 美元，1 美元 50 分。我一分一分地攒，努力不去想离 20 美元还有多遥远。然后，一件意想不到的事发生了。乔飞先生——父亲的一个朋友——公园管理员叫我到他那儿去。

"杰克，"他说，"这段时间，我需要一个送信员，报酬是 6 星期 13 美元。你要这份工作吗？"

我要不要？简直是求之不得呢！父亲说，因为报酬高，我只需要交一半给家里就行。夏天结束时，我已攒了 11 美元。

但紧接着又到了萧条期。我回到学校。10 分钱 5 分钱甚至 1 分钱也挣不到。最后，圣诞节期间，我通过帮助运送松树、云杉给银行、商店以及那些不想自己砍树的人家，挣了 2 美元。

还差 7 美元。这时，我的一个朋友病了，要我替他工作——送《企业报》。我一星期挣 1 美元，清晨 4 点起床叠报纸，在凛冽的寒风里走 5 英里路。天气刚好转一些，我的朋友又回来工作了。我有 19 美元了，只差 1 美元了，我认为已经竭尽所能。所以，我走到父亲面前："爸爸，求你给我 1 美元吧！"

但我很快意识到，求他就像求太阳从西方升起一样。父亲说："你是在要求施舍，杰克。我的儿子是不会请求施舍的！"

我几乎想带着那 19 美元离家出走，或者，从树上跳下来。如果我摔断了腿，父亲怎么想呢？沮丧之极，我闲逛到法克斯的商店，想去看一眼我心爱的自行车。可我到那儿时，车却没在橱窗里。天哪，不要这样！我想，它已经被卖出去了。我冲进店里，看见法克斯正推着车往后面的储藏室走。"法克斯先生，"我哭叫道，"这自行车，你没有卖它，对吧？"

"没有，杰克，没有卖。它放在橱窗里已经很久了，没人买它。我只是想把它放在墙边，把价格降为 18 美元。"那时，航空火箭还没发明出来，而我却像火箭一样，一下子射到了法克斯先生的臂弯里。我骨瘦如柴的手臂和腿紧紧地缠绕着他，热烈地拥抱着他，差点让这位老先生窒息了。

"别让任何别的人买这车，我要买。等我一会儿！"

"别担心，"法克斯先生喘着气，微笑着说，"它是你的。"

我跑上街道，离家还有一排房屋时，就开始喊叫："妈妈，把钱拿出来，把 19 美元拿出来！"我一路小跑，又叫了一声，"快一点，妈妈！把钱拿出来！"我飞也似的回到商店，把钱放在柜台上。"我还多出 1 美元来。那个行李架，还有那个篮子多少钱，法克斯先生？"

"杰克，你可以用 1 美元买它们两样。"

几分钟后，我出了商店。我骑着车，向我看见的每一个人挥手，叫嚷："喂！快看我的新车！我自己买的！"

到了家，我跑进院子里，差点撞倒了父亲。

"爸爸，看我的新车！它是最棒的！它跑起来像风一样快。噢，谢谢你！爸爸，谢谢！"

"不用谢我，儿子。你不必感谢我，我什么也没做。"

"可是我是那么幸福、快乐！"

"你感觉幸福是因为你应该得到这种幸福。"

喜悦之中，我的眼前模糊了。但在一瞬间，我认真地看了一眼父亲，我看出他也很快乐，甚至有些为我骄傲。我看到了他眼中的爱意，那种对儿子长大成人的爱。

这么多年来，那满是爱意的目光一直留在我心中。这些年来，我悟出了父亲所给予我的最大快乐，那就是让我明白——我能行！

信念·希望·爱

[俄国] 奥列格·舍斯京斯斯基

母亲同儿子生活在一起，他们相依为命。母亲是一所医院的医生，儿子在学校念书。

战争爆发了，接着列宁格勒被围。从表面上看，母子俩的生活没有多大变化：儿子上学读书，母亲上班工作。

但后来，饥饿随着酷寒和敌人的炮击一起袭击了这座城市。人们羸弱不堪，开始想一切办法来寻找生路，其中也包括神奇的医学。

房屋管理员巴维尔·伊万诺维奇第一个来看母亲，他看守仅剩几家人住的似空非空的楼房。摆满家具和堆满各种财物的各个套间悄无人声，它们的主人有的死了，有的撤退了。

"请救救命吧，"巴维尔·伊万诺维奇恳求说，"您拿第三套间里的钢琴也好，拿第六套间里的细木做的穿衣镜也好，请给我一些药粉吧。我妻子的两腿肿得像电线杆一样……无法走路啊！"

有的时候，绝望会使人们双眼失"明"，所以母亲对房屋管理员的话并不见怪。她知道，水肿是饥饿带来的结果，任何药物都无济于事。但人们还是相信母亲，把她的医术当作救生圈。

"您给她熬点热汤喝吧做的汁叶。您本人也知道，巴维尔·伊万诺维奇，问题不在于药粉啊……"

房屋管理员点了点满是皱纹的瘦削的脑袋。可是到了第二天，他瞧着病魔缠身的妻子，心里一阵难过，于是又来敲母亲的门，哀求说："随您给点什么吧，什么都成，只要能疏通她的血脉……"

儿子所在的学校有一位教德文的女教师，也到医院来找母亲。她步履维艰，脸像一张老羊皮纸。这位女教师虽然住在另一个区，但是她请求收她住院。她极力讨好母亲，可怜巴巴地重复着说："您的儿子很有才能……一旦我稍微恢复健康，我就尽力教他德语，让他比我还要好……真的，还要好！"她诚挚地说，眼睛里闪现出仅存的一点儿亮光。

但病室已经住满了羸弱到了极点的病人，母亲又有什么法子呢？

母亲悉心照料自己病室的病人，如同亲人一般。天刚亮她就起床，收拾屋子，为儿子做好少得可怜的食物，然后趁着蒙蒙曙光步行上班，因为冻在雪堆里的有轨电车不能开。她全身瑟瑟发抖、睡眼惺忪地来到自己的诊室，连衣服都不脱便把手伸向火炉，好使身子暖过来，喘口气。然后她

慢条斯理地脱下衣服，从衣柜里拿出雪白的罩衣穿上，坐到桌旁擦起脸来，尽量使脸庞显出生龙活虎的神态。再过一分钟她就要走进病室查看病人了，在这一瞬间母亲变了样：她的脸上出现了欢快、激昂的表情，双眉高扬，她那穿着白衣的不高的身躯，处处焕发出某种信念。她的鞋后跟嘎嘎地响，病室的门一打开，接着就响起了她的声音：

"早晨好，亲爱的病友们！"

病人早就等待她的来临。他们慢腾腾地转过身子，把脸和手从被子里探出来，然后你一声我一声地说：

"大——夫，您好……"必定还有人加上一句："我们的救星。"

这些人姑且叫做"病人"吧，因为他们只不过是被饥饿送上死亡边缘的人。只消加强营养，他们就能得救，可是这一点却无法做到。他们的定量增加甚微，这只能推迟他们的死亡。母亲知道，只要病人不灰心丧气，只要他们身上的信念和希望不泯灭，那么，他们就能延长自己的生命，也就是说，或许能够获救，于是她就尽力给他们灌注希望。

"外边暖和起来了，春天快到啦。"她俯身对着一位失去希望的病人说。

冬日晨曦朦胧暗淡，不健康的躯体散发出一股难闻的气味。毫无欢乐的气氛中响起了母亲精力充沛的声音，这声音如同一束阳光，映红了病房在病室里回荡。

母亲的话十分简单、平凡，可是，这些话语连同她开的药物（她知道，这些药物带来的益处并不多）却产生了特殊、神奇的作用。

"好啦，我亲爱的病友们，快活地看待生活吧！"查完病房后，母亲告别说。

"我们的大夫真好。"一位病人带头说道。

"只要她一开药，我立刻就感到一身轻松。"

"没有她，我们是无法摆脱病魔的。"

"一旦我走出病室，我就要为她向上帝焚香祷告……"

确实，主治医生发现母亲照管的病室死亡情况较少，而且病人的气色比其他医生照管的病室要好得多。

在冬季即将结束的时候发生了一件不幸的事情：在一次炮击中，儿子

被打死了。

儿子在街上走的时候正碰上炮击，这孩子躲进了小堑壕。炮弹的呼啸声一停，他就探出身来，抖掉大衣上的泥土和雪粉。堑壕离孩子的家门不远，因此他打算不等警报解除就跑向家门。同他一起待在堑壕里的大人拦住了他，可他叫了起来："就在这里不远嘛！"然后纵身一跳，迅速朝家门跑去，登上石阶，推开大门，突然听见背后响起一声震耳欲聋的爆炸。

孩子登上阶梯的第五级，一块炮弹片打中了他。孩子的脚步一滑，然后在阶梯上稳住身子，眼看他又要站立起来，跑进自家的套间。可是孩子并未站起来，耳旁渗出滴滴鲜血，溅在磨光了的花岗石上。

母亲看着儿子四肢伸开的尸体是何等绝望地痛哭啊！当失魂落魄的母亲明白儿子再也不能站立起来后，便失去了知觉，聚拢来的人们久久无法让母亲从儿子的身上离开。

一切后事都由她的亲戚去料理。母亲坐在家里，万念俱灰，周围的人们都担心她失去理智。

母亲在家里呆坐了一天、两天、三天。

病人却焦急不安起来：要是母亲再也不到他们这儿来，那他们怎么办？他们的痛苦没有谁比母亲知道得更清楚。老病人中有人懂得：母亲通晓的语言是很少有人通晓的。

病人照常服药、量体温，诚心诚意地接受治疗，可是差不多所有的人都焦灼不安地在等待：什么时候母亲能把他们治愈出院啊！

到了第二天夜里，病室里的病人的状况急剧恶化了，于是不得不将情况报告给主治医生。

"心理上的变化……用什么才能治疗这种营养神经症呢？只有调动机体内部的全部潜力，也就是唯心论者所说的'信念'。"他笑了笑说。

主治医生上母亲家去了。很早以前他们就在一起工作，主治医生还记得她在实习时是个爱笑的姑娘。

他默不作声地抱住她的肩膀——她的肌肉绷得很紧，以致身躯变得如同石块一般。他没有安慰她，因为没有什么安慰的话语能被她的意识所接受。他说话很轻，但很坚决，总是重复着这样的一些话语：

"你听我说，你不在，他们的情况很糟，也就是你的那些人。昨晚发生了预料不到的死亡情况，你不在，他们的情况很糟。"

主治医生没有把他们称为"病人"，总是尽力使母亲能听懂他的话。她把头转向主治医生，于是主治医生再次重复了这一番话。

他们一起回到医院，母亲没有跟任何人打招呼，一声不响地来到自己的诊室。她久久地照着镜子，用梳子梳理好头发，用以往常用的那些动作穿上白罩衣，在诊室的门槛上站了一会儿，然后朝病室走去。

"白天好，亲爱的病友们！"她像平常那样流畅而又振作地说道。

病人们像看见亲爱的妈妈一样全都忙乱起来，活跃起来，笑了起来。他们谈起了这些天来的情况，哭诉了邻床病友的死，要母亲讲讲她生病的情况……母亲又像平常那样俯下身去，整理枕头，开药方，聚精会神地倾听病人给她述说病情……

然后，她向病人挥手告别，毅然决然地走到走廊，低头跑进诊室，把门关上，咬住牙，用巴掌捂住嘴，无限悲哀地恸哭起来。

"别去打扰她，"主治医生说，"这对她来说是唯一的良药。"

不久，食品定量增加了，春至夏来，熬过严冬的人们已不再害怕死亡了。

有一天，母亲走进病室，打量着自己照料的病人："你们好，病友们！"大家都像往常那样向她问好。

她是一位非常出色的医生，医术又好。但已不再像那年极端艰苦的冬天那样向病人问好了，因为"白天好，亲爱的病友们"，这句话不仅仅是普通的问候语，更是一种对生命的信念，这种信念是伟大的，具有魔力的，能战胜一切的。她不再将这种信念据为己有，而是作为自己的血液、自己的幸福传给了他人。

红色运动衫

[美国] 马克·哈格

康威老先生叫我去他那里一趟。我猜想他叫我去无非是为了一件家务杂事。老先生叫我把他的一双旧鞋送到城里吉特勒先生的鞋店修理一下。

就在我等着他把鞋脱下来时，一辆小轿车开过来，一个男人带着一个小男孩从车里下来，想要点水喝。当我递去水杯时，小男孩身上的红色运动衫引起了我的注意。这是我所见到的最漂亮的运动衫，运动衫前面印着一只蓝色的大角麋鹿。康威先生的两只小狗咬起小男孩的鞋带，我问他运动衫是从哪儿买的，他告诉我，这是在城里的商店买的。

康威老先生用报纸将旧鞋包好，拿出 1 美元 45 美分钱对我说："对不起，孩子，我没有零花钱给你了，实际上这是最后一点钱了。"我回到家后，说服妈妈，告诉她那件运动衫有多棒，没一会儿，我就向妈妈要了 3 美元。

我到了城里后，先到小男孩告诉我的那家大商店，毫不犹豫地买了一件运动衫，立即穿上。在吉特勒先生的鞋店，我将鞋放在柜台上，他摇摇头："没法再修了，鞋底全坏了。"我站在街角抱着鞋等了一会儿，好像看到老人在他那小屋里赤脚等着我，我想那双鞋子可能是世界上他最亲近的东西了。我又一次站在商店的门口。我只剩下 1 美元 45 美分钱了。我把运动衫脱下走进商店。"我打算不要这件运动衫了，我想买双跟这鞋一样大小的鞋。"我向售货员说明为什么想要买这双鞋以及老人的鞋不能再修了。"我认识那位老先生，他来过几次。"售货员和颜悦色地说，"他常想要双软点的鞋子。"他转身拿出一双，我看到盒子上标价：4 美元 50 美分。"我用这件运动衫再加上 1 美元 45 美分买这双鞋子。"售票员没说什么，拿来长腰袜子，放进鞋里，用旧报纸将鞋包好。

我打开报纸，那双崭新的软皮鞋呈现在康威先生的面前。我看到他那双大手不停地抚摸着那双软皮鞋，泪水从他的面颊流了下来。他站起来，走过去从枕头下拿出一件印有大角麋鹿的红色运动衫。"我早上看到你眼睛盯着这件运动衫，当那父子俩打猎回来，我跟那孩子说用小狗换他的运动衫……"我长久地抱着老先生的脖子，然后冲进那间小屋，去给妈妈看我身上这件印有骄傲大角麋鹿的红色运动衫。

无言电话

[日本] 古贺准二

在一套窄小公寓的房间里，一个男人正往小饭桌上摆放碗筷。没有灯罩的电灯发出暗淡的灯光照到阳台上，晾衣竿上挂着淡蓝色的鸟笼，笼中偶尔啾啾地响起一对十姊妹的对鸣声。电话铃响起，男人停住了手。

"喂——"

"……"

"喂，这里是城之内——"

"……"

"您是哪位？"

虽然能听到呼吸声，但对方不说话。

会不会是无言电话？不过男人想不出被人故意找麻烦或恶作剧的理由。

"找我妻子京子吗？她到附近的糕饼店买东西去了。不瞒您说，今天是我六十岁的生日。本来我忘得一干二净，可妻子说：'今天是你的生日。你的病也好了，我得豁出点儿钱来买盒蛋糕。'她刚出去，一会儿就会回来……"

"……"

"两年前我得病以后，实在让她辛苦了。"

"……"

"想来，我一直让她很辛苦。"

"……"

"从前，我生存的意义就是工作。天天追赶时间和钱，后来又被它们追赶，把妻子和孩子丢在一边不管。"

"……"

"有一次做股票投机，遭受了惨重的损失。为了还债，房子、土地都到了别人手里，我才突然发现自己失去了朋友、公司，还有孩子们。"

"……"

"像坠入绝望的深渊里，我想自杀的时候，妻子这么说：'孩子他爸，你权当自己回到刚出生时那样，一无所有的状况，咱们两手空空从头开始吧——'"

"……"

"我那时才醒悟过来，同时对过去的生活产生了怀疑，我究竟图个什么来着。直到现在还感谢我妻子，我从她那儿获得了新生。"

"……"

"两年前我得大病的时候也让我妻子非常担心。直到现在我还不怎么能工作，所以妻子只能去打零工。我有时真是觉得奇怪，她那瘦弱的身体怎么会蕴藏着那么多的精力。"

"……"

"我女儿隆子六年前跟男人一起离家出走了。想来我应该承认她第一次自己选择的异性。但我当时觉得更体面一点儿的男人才和我女儿般配。这应该说是做父亲的一点儿私心了。"

"……"

"听说她好像有了两个儿子，一个五岁，另一个三岁，他们现在正是最可爱的时候吧……"

"……"

"啊，这个，像是我妻子有时瞒着我去看他们。"

"……"

"我还有一个儿子名字叫彻，十年前他竟说想当音乐家，大概不想做像他父亲这样的人吧。我劝他不管怎样应该先读完大学，可是他不听，我们吵架后，最终和他断绝了父子关系。"

"……"

"那个小子该是三十岁了吧，也不知在哪儿过怎样的日子……"

"……"

"每天一早一晚，我都要和妻子一起祈祷他平安无事。"

"……"

"现在，我跟妻子两个人孤零零地在这小公寓里过着俭朴的日子。"

"……"

"我们养着一对十姊妹，它们很亲昵，还下了两个蛋。"

"……"

"我一个人讲了很多没用的事情。啊，您是哪位来着？"

电话里对方的呼吸急促起来。

"喂，您怎么了？"

"……"

突然话筒中响起一阵呜咽声。

"爸，祝您生日快乐！隆子姐姐和妈妈也在这里。我们马上就去您那儿！"

这是隔了十年之后才听到儿子的说话声。

"……"

男人无言地握紧话筒，大颗泪珠顺着脸颊流了下来。

感谢我们的语文老师

[中国] 冰 心

前天近午，有三个在中学读书的少年来看我。他们坐了一大段车，还走了一大段路，带着满脸的热汗，满身的热气，满心的热情，一进门就喊：

"妈妈，您好，我们来了！"

这几个孩子，几乎是我看着他们长大的，几个月不见，仿佛又长了一大截！有的连嗓音都变了，有的虽然戴着红领巾，却不像个中学生而像个辅导员，有的更加持重腼腆，简直像个大姑娘了，可是在我这里，他们就像回到自己家里一样，一面扇扇子，一面喝凉水，眼睛四下里看，嘴里还不住地说。最后，他们就跑到书架和书桌前面去……

"您有什么新书没有？"

"您这儿还有《红旗谱》呐，我看过一遍都忘了，老师还让我们夏天看呢，借给我好不好？"

"这《蕙风词话》《人间词话》说的是什么呀？"

我一个人实在对付不了三张快速的嘴，我只看着他们笑，我只感到心花怒放，多么火热的青春啊！

慢慢地，他们手里拿着书、水杯和大蒲扇，围着我坐了下来，谈着看书，谈着文学作品，忽然谈锋转向语文老师。

那个变了嗓音的大小孩说："我看书的兴趣，完全是我们的语文老师培养的。前年，我们的那位语文老师，不用提多好啦，给我们上语文课的时候，讲的那么生动，我们都听得入了迷。下课后我去找他，他还给我介绍许多课外的书籍呢。那一年，我看的书最多了，课内的古典文学，像《琵琶行》，我到现在还能背。可惜这位老师只教我们一年，就去编教材去了。后来的语文老师，上课时候讲的内容和政治课差不多，我们对课文的感受就不特别深了……"

那个更加沉静的姑娘，这时也微笑说："我们的语文老师也不错，我就是喜欢跟他写作文。他出的题目好，总让人人都有自己的话说，而且说起来没完没了的。他在卷本上批改的并不多，但是他和每个学生谈话的时候，却能谈到几个钟头。现在，我才知道写作文也可以是一件很快乐的事……"

我看着这几双发亮的感激的眼睛，想起了许多往事，从欣赏到写作，从幼芽到小树，是经过多少人的细心培养啊。

我嘴里只说："我真愿意你们的语文老师都在这里，他们听了不知要怎样地高兴。但是，也别忘了，'师父领进门，修行在个人'。阅读和写作，一旦有了好的开头，就得自己努力继续走下去，要不然，老师走了，这些好习惯也跟着走了，你说可惜不可惜？那老师也就白教了！"

他们都笑了，说："也可能是白教了，我们努力就是。不过，我们还是感谢我们的老师！"

我好像是对自己说的："只要努力，老师就绝没有白教，让我们都感谢我们的老师！"

那个温暖的冬天

佚　名

1991 年，我出生在美国怀俄明州的一个小小农庄中。孩提时代，父亲便告诉我：我的母亲是个坏女人，在我出生一年后她便抛夫弃子，远走他乡，她是我们父女俩的叛徒。

怀俄明位于中西部山区，那里土地贫瘠，生活艰苦。我的父亲是一个苦行僧般的人，他性格偏犟，不苟言笑，仿佛生来就与人世间的任何快乐无缘。父亲中年刚过，可看起来却比实际年龄苍老得多。我认为这一切都是母亲的出走带来的。于是，从懂事起，我便恨母亲，恨这个在我的记忆中未留下任何印象的坏女人。我常常想着有朝一日能与母亲面对面相遇，我希望那时候，她苍老而贫苦，我则年轻而富有，她向我乞讨，而我却假装不认识她。我这样做是要报复她，要以"其人之道还治其人之身"！

我从未想到，父亲会在 2001 年那个冬天因心脏病突发弃我而去，当时我才十岁。邻居巴弗顿先生说："哈罗德到死都是一个不快乐的人。"这一句话可作为我父亲的墓志铭，它非常适合父亲那郁郁寡欢的一生。

葬礼结束后，牧师将我带进了他的书房，书房里有一个女人在那儿等着我。

"玛丽琳，"牧师将手放在我的肩上说，"这是你母亲。"我猛地退后一步，假如不是牧师抓着我的肩，我想我一定会从窗户跳出去的！那个女人向我伸出手，声音颤抖："玛丽琳、玛丽琳……"我冷冷地望着她，心里对她痛斥：在我人生的第一个十年里，你在哪里？在我年幼最需要你时又在哪里？可最后我却只是说："我猜想你现在是为农庄而来的吧？"

"不，我恨农庄，我早就舍弃它了。"她摇摇头说。

"是的，你也舍弃了我，舍弃了父亲！"我朝她喊道，怨恨如火山般爆发，"你是一个坏女人，爸爸一直告诉你你就是一个坏女人！"

她哭了起来，牧师轻轻地拍了拍我，说："玛丽琳，也许你的父亲并未告诉你一切，你慢慢会知道的。这次，你母亲是来照料你的，她现在是你唯一的亲人。"

"不！"我大声叫道，"我不想跟她在一起，如果让她留在农庄，我的父亲会死不瞑目的！"

"我不会留在农庄，"那个女人说，"玛丽琳，我要带你到城里去。"

城市，我从未去过城市，那庞大的陌生的城市令我恐惧。我哭了起来："我不想到城里去！我要一个人待在农庄！"

"仅仅一个冬天，"那个陌生女人哀求道，"如果你不满意，我保证不再留你。"

牧师也说道："如果你与你母亲待不下去，你可以再回到怀俄明来，你可以在我们家生活。"

我相信牧师，他的话使我看到了希望。迟疑片刻后，我同意跟这个自称是我母亲的人走。我们坐了一个多小时的飞机，又上了一辆计程车。终于，计程车在一幢红砖房子前停下。那女人将我带上三楼的一套房子。我不得不承认，这房子比我在怀俄明的家要豪华气派得多。她带我走进卧室，我看到的是粉红色窗帘和印花床罩，我禁不住伸出手摸了摸，的确很柔软很舒服。她马上问道："你喜欢这些吗？"我赶紧将手缩回，生硬地说："我对这些没兴趣。"她没再说什么，只是问我是否累了，想不想上床睡觉。我早就精疲力竭了，心想如果我能睡过这整个冬天，一觉醒来就到春天了，那该多好啊！那我就不用跟这个讨厌的女人相处而可以直接回怀俄明了。我倒头就睡，醒来时已经是第二天的清晨。

我跟着她进了厨房，她将早餐放在我面前。尽管我饿极了，但却不想让她知道，我只是吸了一小口橘子汁，其实我心里想的是把它一饮而尽。早餐味道美极了，但我不能告诉她我喜欢吃她烹制的食品。

结果，早餐之后我依然和早餐前一样饥饿。她去商店购物时，我冲进厨房，找出一盒蛋糕，狼吞虎咽地将它们一扫而光。

不久，她从超市归来，带着满满一袋东西。她一边将物品从包中取出，一边说："这是鱼片，我想你也许会喜欢。还有椰子蛋糕和巧克力蛋糕，我不知道你喜欢哪一种，所以两种我都买了……"听到这话，我心里一阵酸

楚，脱口说道："你要真是我母亲，从小一直与我生活在一起，就不会不知道我喜欢哪一种了！"

说完，我跑进卧室，趴在床上抽泣起来。她走了进来，坐在床边，她的手在我肩上轻轻抚摸，声音嘶哑地说道："我知道，我的确对不起你，但……难道你不想了解为什么吗？你的父亲是个好人。"她接着说，我能感到她在小心挑选合适的词语，"可是他的生活方式与我的不同，我们性格完全不合，他严肃死板，而我活泼浪漫……当时，我太年轻，于是我就走了。可随后我便后悔了，我觉得我不能抛下你，我乞求你父亲让我回去和你生活在一起，可你父亲是个性格非常倔犟的人，他对我说，'既然你已做了选择，那就永远不要再回来'！"

"我不相信你！"我坐起身，"你是我母亲，难道你没有自己的权利吗？"

她摇摇头："是我离开了你和你父亲，我当时又没钱请律师。他曾告诉我，如果我诉诸法律，他将让法庭宣布剥夺我做母亲的权利。"

"假如你回来，或者你写封悔过的信，也许他会改变主意。"我冷冷地说。

她一言不发，将一个纸盒子放在我身旁，然后捂着脸走出了房间。我打开盒盖，里面装着一大摞用橡皮筋束着的信件，我拿出信看了起来，一些年代比较远的信是写给我父亲的，一些近几年的信则是写给我的，但所有的信封上都盖着：退回寄信人。

当她再次走进屋时，我问道："为什么父亲没告诉我这些？"

"因为他恨我，"她平静地说，"他是一个固执的人，他永远都不想原谅我，可是，玛丽琳——我的女儿，你能原谅我吗？甚至……能爱我吗？"

"我不知道……"我结结巴巴地说，"我不知道。"在我心里，我觉得有一个声音在说"是"，可要想在一瞬间就将这么多年来在我心底建立起来的恨抹掉也并不是件容易的事。

后来，我知道了她是一位美容师。"难怪你这么漂亮。"我艳羡地说。

"我哪有我的女儿美呢？"她说道，"让我给你打扮打扮吧！"

我向后退了退。"一个人的外表并不重要，"我僵硬地说，"重要的是他的内心。"

"这话听起来好熟悉,"她平静地说,"自然,宝贝,你的父亲是对的,内心是重要的,可一个人外表美丽也不是罪过呀。"

我听到了一个词:"宝贝",我的心怦怦在跳,在此之前,从来没人这样叫我。我感到自己内心深处正在发生某种微妙变化。

随着时间的推移,她与我之间的信任和爱也在慢慢滋长,在这个冬天,她正在创造一个奇迹,一个让我需要她、她也真正需要我的奇迹。

母亲在为我改变发型后,又为我买来了许多漂亮的衣服。一天,她给我试衣服时说:"玛丽琳,你喜欢这条裙子吗?"

"当然,"我说道,"我从没有穿过这么漂亮的裙子。"

突然,我看见母亲先前还笑吟吟的脸上霎时变了颜色,她呜咽起来:"我可怜的宝贝,我都对你做了些什么? 十年来我竟然未能给你买过一件衣服!"

我蹲在她身旁,第一次拥着母亲:"妈妈,没关系,真的没关系。"她忽地直起身来:"你叫我妈妈了? 你真的叫我妈妈了!"

"是的,是的,"我激动地说,"你是我妈妈,不是吗?"

她泪雨滂沱,大哭起来,我也哭了起来,然后我们两人又开始破涕为笑,紧紧地拥抱在一起。

我曾害怕春天的到来,我害怕作出抉择,因为我想我已经学会了爱母亲,可我仍然为自己违背了父亲多年的教诲而感到内疚自责。最后,还是母亲救了我。她对我说:"你的父亲并不是一个坏人,玛丽琳,他只是一个不快乐的人,如果那时我年龄大一点,或者成熟一点,也许能让他快乐起来,可我却不知道怎么做,于是便当了这个围城的逃兵。可我不能再对你这样做,难道你不想让我为你尽一个母亲的职责吗?"

我瞧着母亲,觉得自己突然长大了,我懂得了,爱有时就是一种原谅。

"我愿意和你待在一起。"我喃喃道。

母亲紧紧地拥着我,我知道横亘在我俩之间的那块坚冰已经融化,那种仇恨已经消失,爱与亲情又重隆世间。

鲜花中的爱

[美国] 佳迪·库尔特

父亲头一次送我鲜花是我9岁那年。那时，我参加了5个月的踢踏舞学习班，准备迎接一年一度的音乐会。作为新生合唱队的一员，我感到激动、兴奋，但我也知道，自己貌不出众，毫无动人之处。

真叫人大吃一惊，就在表演结束后来到舞台边上时，我听见有人喊我的名字，而且往我怀里放了一束芬芳的长梗红玫瑰。我默默地望着那一朵一朵红得像滴血似的玫瑰，她们在一枝洁白的满天星衬托下，静静地绽放着独特的美丽和清香。我的脸儿通红通红的，注视着脚灯的另一边。那儿，我父母笑吟吟地望着我，使劲儿鼓掌。

一束束鲜花伴随着我跨过人生的一座座里程碑，而这些花是所有花中的第一束。

快到我16岁生日了，但这并不是一件值得快乐的事。我身材肥胖，没有男朋友。可是我好心的父母却要给我办一个生日晚会，这使我愈发痛苦。当我走进餐厅，桌上的生日蛋糕旁有一大束鲜花，比以前任何一束都要大。我想躲起来。由于我没有男朋友送花，所以我父亲送了我这些花。16岁是迷人的，可我却想哭。我最要好的朋友弗丽在一边小声说："有这样的好父亲，真运气！"我情不自禁地捧起了那一束玫瑰，整个身心都沉浸在那怡人的馥郁中，花香弥漫成一团透明的雾气，细细密密地浸润着我的心田，我哭了。

时光荏苒，父亲的鲜花陪伴着我的生日、音乐会、授奖仪式、毕业典礼。

大学毕业了，我将开始一番新的事业，并且马上就要做新娘了。父亲的鲜花标志着他的自豪，标志着我的成功。这些花带给我的不仅是欢乐和喜悦。父亲在感恩节送来艳丽的黄菊花，圣诞节送来茂盛的百合，生日送来鲜红的玫瑰。后来有一次父亲将四季鲜花扎成一束，祝贺我孩子的生日和我们搬进自己的新居。

我的好运与日俱增，父亲的健康却每况愈下，但直到因心脏病与世长辞，他的鲜花礼物从不曾间断。终于有一天，父亲从我的生活中逝去了，我将我买的最大最红的一朵玫瑰花放在他的灵柩上。在以后的十几年里，我时常感到有一股力量催促我去买一大束花来装点客厅，然而我始终没去买。我想，这花再也没有过去的那种意义了。

慈父情怀

[美国] 布克华德

以前，布克总是难以理解时刻为孩子提心吊胆的父亲，直到有一天，布克也做了父亲。

那天晚上，布克抱着刚出生不久的儿子约瑟华，倚在卧室的窗边。小家伙蹬着双脚，挥动着小手哭闹着，似乎不相信面前这个男人是他爸爸。布克用五音不全的嗓音哼唱着爱尔兰小调哄着他。

做了父亲后，布克时刻预想着可能发生在孩子身上的事，想着当有事发生时如何去保护他，还常常为一切不合逻辑的幻想吓得够呛。每当约瑟华带着小脸上的污痕沉沉入睡，或者是在睡梦中说梦话时，布克总是不由自主地想到自己的父亲。

记忆中的父亲，总是像一只老母鸡一样呵护着他们。虽然母亲一人承担了家里所有的家务，但真正关怀他们成长的还是父亲。对父亲来说，生活就像随时可能深陷下去的沼泽地，他的工作就是时刻不忘把孩子们聚在一块儿，为他们担心，给他们庇护。

父亲是一个经验丰富的医生，他总是提醒孩子：小心草地上的割草机；不要随便站在高高的跳板上；小心打火机里的气体；当心鱼钩；吃饭时注意别被大块的火腿卡着；过马路要小心；开关门窗要仔细；冬天走在结冰的路上要注意等等。他还经常给他们讲那些因意外而发生的惨剧，比如说：车祸撞断了腿呀，骑马被马拖死了呀。孩子们都觉得他像一个啰唆的饶舌妇人。

　　直到布克也做了父亲，才真正体会父亲当时的心情。他现在也时刻关心着约瑟华：害怕他摔倒，担心他着凉，甚至为他便秘而着急。

　　实际上，布克一直觉得父亲只是天性胆小谨慎而已，虽然他们可以在大雨来临之前浑身干爽地跑回屋里，也有足够的时间关上窗户。父亲常说，一个无论多么谨慎的人，在下雨天也可能被淋得湿透。当哥哥凯文和布克长成小伙子的时候，有一次，父亲驾着车穿过正在比赛的高尔夫球场，立刻急切地把他们从球队里带走，他们还以为妈妈去世了，结果是父亲从天气预报中得知马上有暴雨来袭。

　　记忆中的父亲总是胆小、啰唆、不厌其烦、古板而固执。但有一次，他却破例了。那一年布克和凯文都当上了童子军，他们小心地问父亲："我们能否与其他童子军一起去乘独木舟旅行？"不出所料，父亲问了许多老套的问题：大人去不去呀？有危险吗？旅行持续多长时间等等。他们一一做了令他安心的回答。但父亲却故伎重演，他一脸严肃地告诉他们：二战期间有好多男孩儿在独木舟旅行中丧生。突然，他想起了什么，给童子军团长打了个电话，问了一些问题，每个问题被答复之后，他都发出怀疑的声音。挂完电话，他兴奋地握紧拳头："好消息，孩子们！我和你们一块儿去！"

　　他们简直不敢相信这是真的，父亲肯定以为野营就意味着睡在刚下过雨的草地上，四周野兽出没。然而恰恰相反，他们在阳光的照耀下出发，每条独木舟上有两个小孩子和一个大人。晚上，他们在湖边安营扎寨，围坐一圈烤火吃肉，他们还有鸭绒睡袋，夜晚每两个小时换一人值班。

　　早上醒来，空气又冷又湿。他们捆起毛衣和雨具，换上便装准备穿过皮尔斯湖。凯文、布克和父亲乘坐的独木舟是船队中的最后一只。迎面刮来的寒风使船队在湖中艰难前行。不久，晨雾像罩子一样把整个湖面遮得严严实实，也遮挡了他们的视线。风越来越大，刮起的波浪拍打着船体。终于，他们掉队了。父亲的声音从船尾传来："孩子们，让我们振作起来，赶上他们。"正说着，一个大浪猛地拍过来，小船被掀翻了，他们掉进冰冷的湖水中。浓雾里，他们依稀看见前面几百英尺的地方有一片干地。布克从水中探出头来，心想这真是一次再好不过的冒险机会。但当他回头看父亲时，见他脸色苍白，充满了恐惧。他从未见过父亲吓成这样，这才知道这不是一次普通的冒险。父亲看了布克一眼，然后回头四处寻找凯文："凯文，你在哪儿？"他大吼着。

"我在这儿，爸爸，"凯文在船体另一侧回答，"我没事！"

父亲说："孩子们，快游过来趴在船背上，我把你们推到岸边。"

布克问："我们为什么不游泳呢？爸爸！"

父亲像个陌生人一样对他们发火了，他喊道："趴在船上，保持平衡，快点！"可是凯文倔强起来，坚持游上岸，他大叫："不，我可以游过去，我能行。"他奋力挥臂向前游去。

父亲喘着粗气，拉着布克，托着他的背把他推上船背，他扭转身朝凯文大吼："回来，凯文，危险！"

此时，浓雾里的凯文已看不清了。父亲一头扎进水里，朝凯文游去，等父亲终于追上凯文时，是在50英尺以外，父亲挥手打了凯文，他很少动手打他们。

等他们像骑马一样稳稳地骑在船背上，父亲设法稳住笨重的船体，并把它慢慢推向陆地。凯文脸上的泪痕未干，红红的手指印非常醒目，父亲边游边告诉他们，在湖水中游泳非常危险。

走了大约200英尺后，父亲忽然大叫一声，随后身子猛地往下一沉。布克和凯文不知道发生了什么事，都跟着尖叫起来。原来父亲的腿被水草缠住了，他抓住了船舷，船身向一边侧斜下去，布克几乎被掀下船来，父亲在水中艰难地抬起头，说："凯文，你解下皮带拉住我！"

父亲一手拉住皮带，潜下水去解开水草。他们紧张地盯着水面，凯文哭了起来："爸！你可别死！"

过了半分钟后，父亲终于从水中出来了，他喘着粗气安慰他们："没事了，孩子们。"

当他们再次前行不久，父亲猛然大喊："救命！救命！"布克骑在船上都能感到声音的震动，他被吓坏了。"救命！"父亲仍然不顾一切地大叫。

布克说："爸爸，他们听不见的。""安静！"父亲大声呵斥他。终于，在父亲的喊声中，一艘汽艇渐渐从浓雾中冒出来。父亲敏感的预见再一次

救了他们。

来到岸边，他们生起一堆火。父亲脱下所有的衣服，也要他们这样做。他们围坐在火堆旁像三个衣不遮体的野蛮人。布克清晰地记得，风一阵阵地把热量吹到他们身上，父亲蹲坐在他们旁边，用他有力的臂膀庇护着他们，他的体温和火堆温暖着他们的手和脚，也温暖着他们的心。

"对不起，爸爸。"凯文跟父亲道歉。父亲没有出声，他伸手摸了摸凯文的脸，眼睛里充满了慈爱。

这一次经历，让凯文和布克一辈子也不会忘怀，它让他们明白了许多，包括亲情、勇敢和责任。

不久前，凯文和布克在海滩边租了一间房子，父亲特地过来探望他们。当布克和凯文驾着帆船在海浪里航行的时候，远远地看见父亲站在沙滩边，向他们呼喊："孩子们，别走得太远了！"

这些年来，尽管和父亲交流的机会很少，但在布克的印象中，他好像总是在身边一样。最近，妻子和布克计划再度一次蜜月，布克建议他们分开乘机，因为这样，约瑟华失去双亲的机会会减少一半。妻子说布克继承了父亲的谨慎作风，她问："你的父母也分开乘坐飞机吗？"

"不，"布克说，"他们只留在家里，家就是他们的一切。"

当电话铃声响起……

［美国］阿·里科尔

那年元月30日，里科尔的儿子沙恩过12周岁生日，她带着沙恩和女儿到一家饭店庆祝生日。里科尔的女儿尼科拉因为没有给弟弟准备礼物，便向沙恩道歉，并问他："明天你愿意跟我和乔伊去滑雪吗？"

沙恩的眼睛里马上闪出喜悦的光。他知道，14岁的姐姐尼科拉的邀请并不是很多，像滑雪这样的事更是头一回。

那晚在家里，沙恩坐在母亲里科尔身旁。里科尔这时正在梳妆台前梳头发。沙恩慢慢地打开里科尔的珠宝抽屉，取出一枚小小的金十字架，这

是他爸爸在跟里科尔离婚时留给她的。

沙恩把十字架拿在手里抚摸着，问里科尔："我可以带这个吗？"

里科尔说："当然可以，你能带着它。"里科尔说着，拉下了沙恩运动衫的领子，把十字架挂在儿子的脖子上。

沙恩抚摸着十字架，轻轻地说："上帝现在与我在一起。"

那天晚上，里科尔难以入睡。她并不知道，末日很快就将来临了：她将面对一个母亲最可怕的噩梦，不是要失去一个孩子，而是两个。

周六早晨6点钟，当两个孩子离家前往南面的一个滑雪地阿夫顿·阿尔卑斯时，里科尔大声对他们喊道："晚上6点之前一定要回家。"尼科拉也大声保证他们将在6点钟准时返回。

那是一个奇怪的日子。里科尔觉得自己好像在等待着什么，可是又不知道在等什么。晚上8点了，孩子们还没有回家。9点以后，里科尔便在家里焦虑不安地来回走动，这时，电话铃声响了起来。

她的心跳加剧起来，马上扑过去接电话。电话里一个男子的声音问："是贝蒂太太吗？"她说："是。"那人又说："我是阿夫顿·阿尔卑斯滑雪场巡逻组的。您的儿子受了伤，但我保证他不会有事。你待在家里，救护情况我们会再打电话告诉您。"

里科尔顿时大脑一片空白，她似乎连站都站不住了。又过了大约15分钟，电话铃再次响起来，还是那个男人的声音说："太太，您的儿子还没有苏醒，我们正送他去医院。"

里科尔觉得连话筒都拿不住了，她告诫自己："要冷静些，马上开车到医院去，见见儿子。到了他的身边，一切都会好的。"她服了一片镇静剂，觉得好了一些，便开车去了医院。

不久，里科尔便知道发生了什么事。原来沙恩在滑了一天初学者的雪场时，他决定试滑一次叫特鲁迪斯·舒斯的专业山坡，以此来结束这一天的滑雪。他说服了尼科拉的一位朋友与他同行。当翻越一个雪墩时，他跌倒了，不过他又重新站了起来，试图稳住身体。突然，后面冲上来的另一位滑雪者躲闪不及，撞上了他，将他重重撞倒。这次，他昏了过去。

几分钟后，急救雪橇赶到。当人工呼吸无法奏效时，有人喊来了一辆救护车。尼科拉对着护理人员大喊道："救救他，那是我的弟弟！"当一名救护人员拿着一瓶药液，另一位开始解下沙恩脖子上的十字架链子时，尼科拉又恳求说："把它留在他身上吧！别解下来。"

沙恩一直没有醒来，躺在医院里。里科尔问医生，沙恩的病情到底怎么样。医生说："沙恩是因为大脑受了重创，出现肿大，要做许多试验，才能确定他到底是哪里受了伤。"整个周末，里科尔都在祈祷奇迹的出现。里科尔握着沙恩的手，轻柔地挤他的手指。可是儿子没有半点反应。

她回忆起几周前的一件事，里科尔带儿子和女儿一起去滑雪。那次沙恩撞到了一棵树上，从雪橇上滚了下来，他四脚朝天地躺在雪地里。里科尔急忙奔过去，大声喊他："沙恩，你没事吧？"她拉他，他却闭着眼睛一动不动。她害怕了，急忙大声喊救人。这时他突然坐了起来，面带微笑说："妈妈，我没事。"里科尔嗔怪地说："沙恩，你不要开这样的玩笑，如果你有什么意外的话，我真不知道能否承受得住。你懂吗？"沙恩看着里科尔，神情变得严肃起来，点头说："妈妈，我懂了。"

现在，里科尔希望沙恩能突然坐起来，微笑着说"妈妈，我没事"。可是他再也没有睁开眼睛。

出事的第三天，医生对里科尔说要关掉沙恩生命的辅助设备。里科尔开始号啕大哭，她不相信沙恩就这样死了。

里科尔回到沙恩的房间。她剪下了他的一绺头发，抚摸着他的双脚，里科尔总是很喜欢他的那双小脚。

她一遍一遍地哭着说："我爱你，我将永远、永远地爱着你！"

当医生关掉所有的救生设备时，一股凉风从沙恩的肺部吐出来，他再也不会动弹了。这些救生设备使得沙恩好像还有生还迹象，其实并不是这样。

当里科尔迈着沉重的步子走出病房和那家医院时，她感到这是她终生最难做的事了。

在沙恩的葬礼上，里科尔准备了许多气球。孩子们小的时候都喜欢气球。每当气球飞上天空，里科尔都会用这些话安慰他们："不要紧，上帝会抓到你们的气球，当你们升天时，就会得到一大束各种各样曾经失去的气球，它们会在那里等待着你们。"

那天，天空晴朗，成百上千的气球飞翔在天空中。越飞越高，最终消失在里科尔的视野里。但是她下意识地留了一只气球在手中。

在接下来的几个月里，里科尔一直都在想着沙恩，想着他的笑脸、他的小身子。在许多个难眠的夜晚，里科尔都试图穿透这个世界与那个世界的屏障，触摸到她的儿子沙恩。

尼科拉同样也经历了这些痛苦的日子，母女俩不时抱头大哭。在沙恩离开六个月后的一天，尼科拉对里科尔说："妈妈，有人说创伤会随着时间的推移而愈合，但我觉得不是这样，沙恩每远离一天，我就越想念他。"

又过了一段日子，里科尔发现她正在失去尼科拉。她们母女俩开始斗嘴吵架，尼科拉拒绝干家务活儿并且经常逃学，里科尔不喜欢她结交的新朋友。

母女俩像是在各自冰冷漆黑的大海里漂浮着，谁都没有能力帮助对方靠岸，好像只能为了逃生而无力地游着。

一天晚上，尼科拉回家很晚。里科尔尝试想与她谈谈心，可是她却笑了笑，一句话不说，还对里科尔来个飞吻。里科尔第一次闻到，她的身上散发着一股酒气。

冬季的一天下午，里科尔正在厨房里做饭，门突然被踢开了，尼科拉出现在门口，她喝醉了，她对母亲说："我需要跟你谈谈，我不知道怎么说才好，但我一喝酒就无法控制自己。我在你面前装成没事儿的样子，跟你撒谎。我现在完了，我控制不了自己。"她哭了。

第二天，里科尔领女儿去了一家青年治疗中心，把她留在了那里。临走时，里科尔紧紧搂住女儿，不舍得放手。女儿说："妈妈，我伤害了您，我想让您有一天重新为我感到骄傲，好吗？"

"宝贝，我现在就为你感到骄傲了。"里科尔在她耳边轻声地说。

这是沙恩去世后的第二个圣诞节，一个非常安静的日子。里科尔带着许多礼物去治疗中心看望尼科拉。女儿见到母亲很高兴，她说："妈妈，我觉得在这里很快乐，我感到自己像一个新人了。"

接下来的一周是家庭会，这是里科尔最害怕的了。会议是在父母、孩

子、咨询者三者之间进行的。

里科尔走进一间小的办公室，坐在尼科拉的对面。医疗咨询者是位中年妇女，她坐在边上，对尼科拉说："尼科拉，告诉你妈妈吧！"

尼科拉的双手摇晃着，她不安地低声说："妈妈，我对不起您，我觉得非常内疚，我以前借酒消愁，所有的事情都怪我……"

终于，她站起了身子，扑在里科尔怀里，大哭着说："沙恩的死都是我的过错！您告诉我们那晚要在六点之前回家。那是我们离家之前您交代的最后一件事情。如果我听您的话，如果我按您说的时间准时回家，沙恩现在就不会离开我们了。妈妈！"

里科尔紧紧地搂着她，安慰她说："孩子，别说了，事情已经过去了。"里科尔觉得女儿身子颤抖得很厉害，她的双臂都很难抱住她。

里科尔对她反复说这是一次事故，不是谁的过错。在里科尔离开时，她给女儿留下了一张便条：

"亲爱的尼科拉，我非常的爱你，我永远地爱你。如果那天晚上你打电话问我是否可以滑雪到六点以后，我会这样说：'同意。'孩子，这不能怪你，不要再认为是你的过错。爱你的妈妈。"

当里科尔回到家，电话铃响了，是尼科拉打来的，她在电话里说："谢谢你，妈妈。我真的非常感谢。那个便条对我来说太重要了，胜过所有的一切。"

就是在那一刹那，里科尔突然悟出了：摆脱无谓的内疚对于未来的生活是多么重要。而她的内疚和女儿的内疚一直在折磨着她们。

人的心境有季节之分，人的生命也有季节之分，就像自然万物都有季节之分一样。这些季节并不是靠人为的压力产生的，那是拔苗助长。催生草木要等春天来临，这是一个循序渐进的过程。里科尔花了很长时间，才领悟到这一点。里科尔感觉到了一种一年来从没有过的轻松感。

过了元旦，尼科拉回到了家里。里科尔为了庆祝女儿回家，与她的朋友聚餐，她发誓一切从头开始。

里科尔觉得该释放自己的那只气球了，那只她参加沙恩葬礼时拿回来的气球。为了让她的心在欢乐和希望中升华，她想：不能再留着那只气球了。

有情有义的感恩故事

永远在一起

[美国] 詹姆斯·A·米切

昂克·奥和它的配偶是两只漂亮的大雁，它们相互关心。从北极圈到美国的切萨皮克湾，它们已飞过四个来回。

大雁在动物界中与众不同，它们雌雄配对，始终不渝。昂克·奥和它的配偶是永久的伴侣。

九月里的一天，昂克·奥、它的配偶和五个孩子加入雁群，成百上千只大雁离开加拿大的北极地带，飞向南方。它们在长时间的飞行中惯于默不作声，但常在夜间鸣叫。

如果整天不停地飞，它们一天能飞将近一千英里。但在天气温暖的日子，雁群会降落在湖上，歇息几个钟头。然后，在黄昏时候，头雁发出信号，雁群再次盘旋升空，通宵飞行。

五千多年以来，昂克·奥和它的先辈一直偏爱着马里兰州乔坦克河北岸一片宽广的沼泽。该处作为冬天的栖息地各个方面都很理想，但是它属于特洛克家所有，这家人是猎户，爱吃雁肉。

"烤雁、白斩雁加洋葱胡椒、蘑菇雁肉片，我都能吃。"莱夫·特洛克对着当地店铺里的人说，"别的月份我都不要，我只要 11 月，一个星期有三天炉子上有只肥雁就行了。"

莱夫从他父亲和他祖父那儿得到一些大雁的知识。"世界上最狡猾的鸟儿。我见过一只老公雁带着一群雁，正飞进我的埋伏圈，老公雁认出了我的枪，在空中霍地停住，领着整个一群雁掉转方向飞走了，叫我一枪都来不及放。"他踢了炉子一脚，情不自禁地说，"烤雁之所以好吃，就因为雁太难打了。"

昂克·奥带领雁群来到乔坦克沼泽地带，发现设在河里和塘边的隐蔽棚，昂克·奥家族祖祖辈辈都惯于避开这些诱惑物。它看到岸上的鸟油子、准备送猎人下河的船只、等在附近的猎狗。它发出了一个信号，轻轻地落

在沼泽里一片空旷的水面上。

在那里，年轻的大雁第一次听到枪声。昂克·奥和其他成年雄雁教它们怎样认出猎人枪口的火焰，怎样听出猎人脚下树枝的断裂声。不布置岗哨，哪一个雁群也不能进食。生存的秘诀就在于永远警惕。

到12月中旬，大雁又一次智胜了莱夫·特洛克。没有一只雁落在河中特洛克设置隐蔽棚的地方，气得莱夫抱怨这些大雁太机灵。

可是昂克·奥还得使雁群安全度过狂乱的求偶季节。在那期间，年轻的大雁渐渐变得魂不守舍；年长的同样糟糕，站得到处都是，咯咯乱叫，观赏着小辈的活动，全不提防埋伏的猎枪。对于莱夫和昂克·奥两方面来说，冬天这段最后的日子都是道关口。

"没事儿，"莱夫叫儿子们放心，"大雁配对儿，那时候我们就可以获得应得的东西。"

莱夫根据经验，知道这些年轻的大雁会在哪里进行求爱活动。就在树林深处的一块草地上，他和儿子们埋伏好。年轻的大雁出于内在的冲动，也被吸引到这里，并在此跳起舞来。

经常是两只雄雁钟情于一只雌雁。雌雁站在一旁，羞答答地梳理羽毛，像是对着一面镜子。雄雁变得越来越活跃，互相猛扑，发出嘘声，摆出盛怒的架势进进退退。末了，总有一只动武，甩动翅膀，狠抽对方的头部和肩膀。现在是真斗了，双方都拼命想用有力的嘴钳住对方的脑袋。

胜利的雄雁挨近雌雁，把脖子尽量伸长，轻柔地前后摆动。雌雁也伸出脖子，绕着对方的脖子旋转扭动。随着舞蹈接近高潮，昂克·奥雁群中年轻的大雁本能地走向交配场地。虽然昂克·奥上前阻拦，但这部分大雁还是涌了过去。

"放！"莱夫发令，一杆杆猎枪喷出了火焰。在昂克·奥还没来得及唤醒雁群起飞时，许多大雁已经倒地死去。

当大雁在沼泽地重新集合时，昂克·奥发现自己的一个儿子死去了，接下来发现配偶也不在了。

它立刻离开雁群，回到原地寻找。这时，莱夫和儿子们正在搜寻伤雁，昂克·奥的飞来使他们很惊讶。它直接飞到大雁中弹的地方降落，找到了

妻子。它左翅受伤，不能飞了。而几分钟内，猎人和猎狗就会搜索到这里。

它用它的嘴猛推它，催它前进，使劲把它推向沼泽深处的安全地带。当它走不动时，它就啄它的羽毛，不让它停下。它们前进了大约200米，这时一只狗嗅到了伤雁的气味，悄悄逼近，最后一跃而起，扑在伤雁身上。

昂克·奥挺起身子，闪电似的挥动它那有力的嘴巴，向狗乱啄一气。狗惊慌地后退，然后冲向昂克·奥。

随即是一场恶战，当然，狗占尽一切优势。可是昂克·奥为了拯救负伤的妻子奋力而战。在水草纠结的沼泽深处，向狗发动进攻。最后，猎狗头上淌着血，逃走了。

"那里面有只伤鸟。"莱夫对儿子们大声说。

等他们跳进沼泽，昂克·奥带着受伤的妻子已脱离了险境。

一星期后，当雌雁受伤的翅膀已经痊愈，昂克·奥又集合雁群，开始飞向加拿大北极地带的荒野。雁群的飞行速度比平时慢，因为昂克·奥没法带头飞，他要留在后面护卫受过伤的妻子。

尽管前进得很慢，但昂克·奥和他的配偶又在一起了，永远在一起。

一杯牛奶

佚　名

一天，一个贫穷的小男孩为了攒够学费正挨家挨户地推销商品，劳累了一整天的他此时感到十分饥饿，但摸遍全身，却只有一角钱。怎么办呢？他决定向下一户人家讨口饭吃。

当一位美丽的年轻女子打开房门的时候，这个小男孩却有点不知所措了，他没有要饭，只乞求给他一口水喝。这位女子看到他很饥饿的样子，就拿了一大杯牛奶给他。男孩慢慢地喝完牛奶，问道："我应该付多少钱？"年轻女子回答道："一分钱也不用付。妈妈教导我们，施以爱心，不图回报。"男孩说："那么，就请接受我由衷的感谢吧！"说完，男孩离开了这户

人家。此时，他不仅感到自己浑身是劲儿，而且还看到上帝正朝他点头微笑，那种男子汉的豪气像山洪一样迸发出来。

其实，男孩本来是打算退学的。

数年之后，那位年轻女子得了一种罕见的重病，当地的医生对此束手无策。最后，她被转到了大城市医治，由专家会诊治疗。当年的那个小男孩如今已是大名鼎鼎的霍华德·凯利医生了，他也参与了医治方案的制订。当看到病历上所写病人的来历时，一个奇怪的念头霎时闪过他的脑际，他马上起身直奔病房。

来到病房，凯利医生一眼就认出床上躺着的病人就是那位曾帮助过他的恩人。他回到自己的办公室，决心一定要竭尽所能来治好恩人的病。从那天起，他就特别地关照这个病人。经过艰辛努力，手术成功了。凯利医生要求把医药费通知单送到他那里，在通知单的旁边，他签了字。

当医药费通知单送到这位特殊的病人手中时，她不敢看，因为她确信治病的费用将会花去她的全部家当。最后，她还是鼓起勇气，翻开医药费通知单，旁边的那行小字引起了她的注意，她不禁轻声读了出来：

医药费——满杯牛奶。

霍华德·凯利医生

一个老人的问题

[埃及] 穆·阿里

酒店快关门的时候，一个衣衫褴褛的老汉迈进门来。酒保惊奇地望着这个陌生顾客。看上去，他是位饱经风霜的老人，满面皱纹，步履蹒跚，走起路来甚至跌跌撞撞，鼻梁上架着一副老花镜，右手拄着一根看上去已伴随他二十多年的拐棍。

老人一屁股坐在门口的凳子上，打了个手势，请酒保过来，声音颤抖地问："有人问起过我吗？"

酒保闹懵了，忙说："没有啊！"

老人抬起右手，用手指揩了一下脸上的汗水，伤感地说："那么，请给我倒一杯酒来，先生！"

老人喝着酒，叹着气，两只眼睛忧愁地望着门口，慢慢饮完酒。随后，用拐棍支着地，哈着腰，低着头，好像寻找什么似的步出酒店。酒保目送着他，觉得他既可怜又古怪。

十多天过去了，顾客不断光临酒店，酒保几乎忘记了那可怜的老人。但一天夜里，当酒店最后一个顾客走出门时，老人的面孔又出现在门口。他一声不吭地挪进屋内，又坐在门口的凳子上，悲伤地问："有人问起过我吗？"

酒保不安地答道："没有！"

老人抬起右手用手指揩了揩脸上的汗水，像受了伤似的喃喃地说："那么，请给我倒两杯酒来，先生！"

老人一口一口地抿着酒，两只眼睛呆呆地凝视着门口。酒杯空了，老人用拐棍支着地，慢慢站起身，缓缓地挪动着步子，磨蹭着出了酒店大门。

几个月过去了，老人一直未再"光临"酒店。一天夜里……

"有人问起过我吗？"

几年过去了，酒保的答复仍是那几个字："没有！"

老人凄惨地说："那么请给我拿一瓶酒来，先生！"

酒保同情地问老人："一瓶酒？"

老人点点头，抬眼看了看他，好像明白了他正在故意找话说。

酒拿来了，老人喝着、喝着，喝光了一瓶酒。酒保的眼睛始终注视着他的脸。

老人用拐棍吃力地撑起身，向酒店大门方向挪动着步子，但一个趔趄，拐棍滑出手，他一下跌倒在地。

他的两腿神经质地钩住一张桌子，颤颤巍巍地伸出右手，抓住桌子腿，挣扎着想站起来，但桌子倒了……

酒保赶忙奔过来，两眼涌着泪水，哭着说："最近好像有人问起过您，爸爸！"

你愿意为我做面条吗？

［美国］保·丽丝

丽丝来加利福尼亚看妈妈，妈妈告诉她："县法院接管了我的房子。这房子由于债务问题已经不属于我了，我必须搬出去。"

丽丝问妈妈："这究竟是怎么回事？"

妈妈说："我也弄不清楚。我根本就没想到我上了年纪还会发生这种事。"

妈妈失去了住所，没有吃的、穿的，也没有钱，甚至丧失了正常的生活思维。丽丝把妈妈送进医院检查。她的血压升到230/130，随时都有生命危险。医生对丽丝说："你把她送来，算她的运气不错。"

从1900年以来，美国人的平均寿命就在不断增加，65岁以上老人的百分比已经增长了两倍，像妈妈这样的老人有很多。可是妈妈一旦丧失自我料理能力之后，她的余生将如何度过？丽丝不敢想。

妈妈住进医院六天了，她感觉好多了，她要求丽丝带她回家。丽丝对她说："妈妈，您已经没有家了。"因为在妈妈住院的一个星期里，丽丝不停地会见债务代理人和银行家。妈妈曾经在银行存有44000美元，可是现在，在妈妈细心保存的存折上只剩下31美元现金和几百美元的利息支票了。

丽丝坐在妈妈的病床前，对她说："妈妈，我打算为您找一个能为您提供食宿和照顾的地方。有很多老人都在那里生活。"丽丝说的这种地方就是老人之家护理院，他们收养的都是身体虚弱、需要在饮食起居上给予照顾的老年人，妈妈同意了。

当丽丝正在四处联系老年之家护理院的时候，医院突然通知丽丝说妈妈的病情已经好转，要求她立刻出院。丽丝没有别的选择，她必须在24小时之内为母亲找到居住的地方。

丽丝驾着租来的汽车从一家护理院赶到另一家，她拼命地奔波着。令她吃惊的是，多个老人护理院都已满员，要想找到一张床位简直不可能，看来只能靠碰运气了。经过一整天的奔忙，她终于找到了一家仅剩一张床位的老人护理院。

送妈妈去护理院，是丽丝有生以来最困难的一个选择，尽管丽丝一次又一次地对妈妈解释说，住在那里只是暂时的，可妈妈还是敏感地意识到，她的命运将不再由她自己决定了。

在丽丝把她安顿好之后，她叹口气对丽丝说："至少现在我已明白我住在什么地方了。"丽丝不忍心马上离开妈妈。她把妈妈搂在怀里，直到她睡着。

回到华盛顿丽丝那两间一套的公寓后，丽丝便着手整理妈妈的财物。丽丝发现妈妈欠有数千美元的债务，债权人将把母亲剩下的几个钱全部讨走。

晚上丽丝和妈妈通了电话，妈妈央求她说："接我出去吧。住在这里的老人整天躺在床上，嘴里喋喋不休的，再待下去我会发疯的！"丽丝对妈妈说："听着，妈妈，您暂时只能住在那里，我正在想办法。"

丽丝为妈妈预订了一张飞机票，三个星期后她将来这里跟丽丝一起住。飞机票寄走之后，整整一个晚上，丽丝失眠了，她注视着这套窄小房间，想着怎么才能解决眼下的困难。

丽丝打消了为妈妈再找一家护理院的念头，因为华盛顿的护理院每月要交 1500 美元，其中还不包括医疗、交通和医生巡诊的费用。丽丝没有这么多钱，妈妈将和她住在一起。

在妈妈到来之前，丽丝雇了一个保姆，并签订了为病人提供床前服务的合同，同时丽丝还为妈妈准备了一张床。

当看见妈妈坐着轮椅从机舱里出来时，丽丝哭了。妈妈的面容非常憔悴，两位朋友帮丽丝把妈妈接回住所，把她安顿在那张新床上。妈妈兴奋地说："这是世界上最舒服的一张床！"

生活中，那些要和父母住在一起的年轻人，必须正视自己的内心世界。在美国，绝大多数的年轻人都不愿与老人住在一起，他们会感到自己是在报答父母的养育之恩。相反，那些不得不与孩子住在一起的老人，却忍受着一个可怕的事实，他们正失去自己独立的生活。

妈妈对丽丝又感激又怨恨，不久她就抱怨丽丝把她像囚犯一样关在家里。妈妈执意要回加利福尼亚，她说："让我回去吧，让我回到埋葬着你父

亲的地方去吧！"丽丝不能让她走。

妈妈的烟抽得很厉害，丽丝是不吸烟的，她不得不把卧室隔开。

妈妈爱吃面条。有时丽丝下班回到家看见她躺在床上，丽丝就说："如果您饿了，我就去给您煮面条。"她就会高兴地说："好极了！可是我的床湿了。"丽丝先给她换上干睡衣。

妈妈喜欢坐在餐桌旁的塑料椅上，像第一次品尝美食的孩子那样一边吃着一边说："真好吃！我从来没吃过这么好吃的面条。"然后她又苦笑着说，"你知道吗？宝贝儿，你对我，比我对我妈妈要好。"

尽管她不太情愿，但是妈妈还是逐渐习惯了华盛顿的生活。她看报纸，时常与丽丝和她的朋友们谈论一些流行话题。她对邻居的生活非常感兴趣，总是想出门看看。她喜欢丽丝养的一只猫，整天抱在怀里。每到下雪的时候，她总是快乐地说："多美的景色呀！"

有时候丽丝深夜回家，她推开家门轻轻地走进屋里，她以为妈妈已经睡着了，可是妈妈却醒着。她在等丽丝，就像丽丝小时候放学回家时一样，她问候丽丝："亲爱的，你过得还好吗？"经过多年独居的生活之后，丽丝又重新感到了母爱的温暖。

丽丝为自己能够满足妈妈的需要而自豪。朋友们问丽丝，你一个人怎么能做这么多事情？丽丝也不太清楚。可她懂得，只有用深厚的爱心，才能做好这些事。

后来，妈妈想家了，她对丽丝说："宝贝儿，还是让我回加利福尼亚去吧，我想和你爸爸待在一起。"丽丝对她说："您知道那将意味着您要重新回到护理院。"妈妈平静地回答："我情愿那样。"

丽丝为她预订了一个月后飞往加利福尼亚的机票。可是不久，妈妈感到后背疼痛难忍。做过检查后，医生对丽丝说："你母亲通向心脏的主动脉血管患了动脉瘤，她得做手术。"

做完手术，刚从手术室出来时，妈妈的情况似乎还不错，可是她的血管已经丧失了重新愈合的能力。在后来的六天里，医生们尽了最大的努力，妈妈还是离开了人世。她再也不能回加利福尼亚了。

现在丽丝的冰箱里，仍然放着妈妈爱吃的草莓酱，丽丝不忍心把它扔

有情有义的感恩故事

掉。丽丝也为过去对妈妈说的一些不礼貌的话而后悔。丽丝努力记住她和妈妈在一起生活的每一时刻，任何东西都不能代替这些美好的时光，丽丝将永远珍惜。

三年过去了，丽丝仍然希望在她踏进家门时，能够听到妈妈苍老而又熟悉的声音："亲爱的，你今天过得好吗？你愿意为我做面条吗？"

生命的另一高峰

[美国] 沃克

儿子贾斯廷9岁那年，沃伦与妻子离婚了。两年后，他把儿子接到纽约市郊与他一起生活。儿子结交了好朋友克里斯，他们经常结伴去打冰球。

一天，沃伦开车送贾斯廷和克里斯到一家溜冰场溜冰。路上出了车祸，贾斯廷摔出了车外，躺在离汽车几英尺远的柏油路边，鲜血从他的一只耳朵和头部流出。他的大脑也受了严重的损伤。

一个星期后，贾斯廷还在昏迷之中，医生坦率地对沃伦说，贾斯廷可能再也无法苏醒过来，一生都会处于现在这种状况了。

几个星期过去了，贾斯廷的体重已从105磅降至70磅，他的身体在萎缩。沃伦非常着急，但他始终没有放弃努力。他带来了儿子喜爱的球棒和手套，并把印有守门员约翰·范布斯柯克的广告画贴在儿子病房的墙上。

有一天，沃伦突然决定用儿子最喜爱的冰球来试试唤醒他。

沃伦听说纽约著名冰球运动员马塞尔·迪翁正在郊区的冰球场上训练，于是找到了他。当迪翁得知有一个13岁的冰球爱好者正躺在附近的医院里昏迷不醒后，他决定去看看贾斯廷。

迪翁来到病房，凝视了贾斯廷一会儿，便向他俯下身，用近乎命令的口气对他说："我是职业冰球队的马塞尔·迪翁，醒一醒！"

迪翁的话音刚落，贾斯廷的脸部突然抽动了一下，眼睛和嘴唇微微张开。迪翁和沃伦十分惊喜，可是孩子望了一眼迪翁，又闭上了眼睛。

这时，迪翁注意到墙上印有范布斯柯克的广告画。沃伦说："他是我儿

子最崇拜的运动员。"

迪翁轻轻地抚摸着贾斯廷的头说："孩子，你会好起来的，我一定带约翰·范布斯柯克来看你。"

两天后，迪翁带着纽约冰球职业队的著名守门员约翰·范布斯柯克来到了医院。

范布斯柯克这时显得有些激动，他俯下身吻了一下贾斯廷，然后与他谈起了冰球。也许贾斯廷根本听不到他说的话，但在临走前，他对男孩说："当你康复后，我比赛时一定让你来观看。"

又过了几个星期，贾斯廷慢慢开始苏醒，他的高烧渐渐退了下来，有时甚至能睁开眼睛。

贾斯廷完全苏醒了，他也能看见东西和听到声音了，但是他仍然无法下床走路和与人谈话。他的右臂仍然麻痹无力。

沃伦想，只有鼓起贾斯廷的勇气，才能让他战胜伤残，重新站起来。他决定再次使用冰球。

他制定了训练计划，并把它贴在贾斯廷的床边。他对儿子说："从现在起，这里就是冰球场。如果你还想打球，就必须锻炼自己。"

贾斯廷先要学会使用自己的右手，沃伦在桌面上画了一个冰球场，拿来一个小球放在桌面上，说："这是你的冰球，你要把它从这边滑到那边，并把它射入我的网中。"沃伦用拇指和食指在桌子的一边形成了一个"网"。

贾斯廷慢慢地抬起右臂，吃力地把手腕放低触摸桌面上的球。他额头冒着汗，用力把球推到了桌子的右边。沃伦说："好，现在到左边来。"贾斯廷又一次抬起右臂移动桌面上的球。沃伦指挥他说："好了，快射门!"

贾斯廷深深地呼吸了一下，用力把球向前推。只见球慢慢地向沃伦滑过来，然后穿过父亲的手，落到了地面上。沃伦激动地大喊道："进球了!"他快步走到桌子对面拥抱了儿子。

"进……球……了。"贾斯廷生硬地说。这是他受伤以来第一次说话。

贾斯廷一直不愿意学着自己穿衣服，但是现在，当父亲给他带来冰球运动衫、防护帽和护垫时，他却乐意自己穿上它们。

看着儿子一天天好转，沃伦非常高兴。当范布斯柯克听到贾斯廷苏醒的消息后，他也履行了自己的诺言，邀请贾斯廷观看元旦举行的冰球比赛。贾斯廷坐着轮椅，被安排在运动员席上。由于离场地很近，贾斯廷清楚地听到了敲击冰球的声音，看到了运动员失球时的紧张和进球时的喜悦。

比赛结束后，沃伦把贾斯廷推到运动员休息室里。范布斯柯克把他介绍给队友们，并把事先准备好的一根冰球棒拿了出来，让队友们一一在上面签名，然后把它赠给了贾斯廷，并与他闲聊了一会儿。

当父子俩要离开时，沃伦鼓励儿子走过去与范布斯柯克告别。贾斯廷忍着疼痛，用力地站了起来。球员们都吃惊地看着他。在沃伦的搀扶下，贾斯廷迈出了第一步、第二步，尽管他的两条腿在不停地颤抖。

从那以后，贾斯廷以坚定的信心面对各种困难。他扔掉了轮椅，摇晃地走到附近的学校上课。他拒绝住在父亲为他租来的平房里，坚持爬上自己家的二楼。他开始观看球队训练。一天，他恳求父亲："让我去溜冰吧！"

那天，当贾斯廷被搀扶着在冰球场上滑冰时，范布斯柯克也来到了球场上，他简直不敢相信自己的眼睛：贾斯廷竟然能够在球场上滑冰。贾斯廷对他的偶像说："我一定能再次学会滑冰。"

又过了一段日子，纽约职业冰球队到贾斯廷常去的冰球场进行训练。当他们遇到贾斯廷时，感到十分惊讶。他们高兴地邀请贾斯廷与他们一起练球。

沃伦看着15岁的儿子终于能与职业运动员一起打球了，心里非常激动。可是他又担心儿子，不知他是否能经受住他人的撞击，是否能挡得住飞来的球，是否有必要让儿子再次去冒险。然而，这一切都曾是儿子的梦想，他不能阻止。

开始，队员们都十分小心，尽量不碰撞贾斯廷。他们不断向他传来一个个好球，让他锻炼自己。虽然贾斯廷动作缓慢，像是个没有经验的运动员，但却完全不像那个躺在病床上的伤残人了。

由于职业队的队员打球很卖劲儿，习惯了猛烈的动作，打着打着，其中一个队员忘记了贾斯廷的伤残，拿着球棒，向他滑过来。在离他大约20米的地方，朝他射来一球。冰球发出嗡嗡的声音，径直飞向贾斯廷的脸部。

"小心，贾斯廷！"有人叫喊起来。但是贾斯廷一动不动地站在那里，尽量使自己的身体保持平衡。随着一声短促的球击声，冰球打在贾斯廷的防护罩上，落在了地上。

这时，球场上每一个运动员都惊呆了。他们心里明白冰球直接击中头部的后果，尤其对一个伤残人来说。大家不知道会发生什么事，其中好几个队员紧张地看着沃伦。

沃伦急忙从观众席走进场里，为贾斯廷脱去了防护罩。他知道贾斯廷一定受了伤，但当他看到儿子那坚毅的眼神时，他觉得一切不必多言，贾斯廷向父亲点了点头，再次露出了胜利者的笑容。

沃伦退出了场外，让儿子继续打球。看着儿子笨拙滑动的身影，他又一次流下了激动的泪水。他知道只要贾斯廷有了信心，就没有什么能阻止他实现梦想。也许冒险能够帮助他走向生命的另一高峰。

施　舍

[印度] 林中花

拉哈布·萨卡尔昂着头，大步地走着。他没带阳伞，对灼人的烈日毫不在意。拉哈布恪守自己的处世原则，他天生一副傲骨，不屈从任何人和事。他尽自己的能力帮助别人，却从不指望得到旁人的任何恩惠，追求的只是一辈子生活得有尊严、有骨气。

拉哈布正走着，一个黄包车夫来到他身边。车夫摇着铃铛问道："先生，您需要车吗？"

拉哈布转过头，发现那个人瘦得皮包骨头，目光里似乎包含着贪婪的神情。"只有那些没有人性的家伙才会以人力车代步。"这是拉哈布坚定不移的观点。因此，他一辈子连轿子都没坐过一回，认为那简直就是犯罪。他用那粗布缝制的甘地服的袖子擦了擦额头上的汗珠，连声说道："不，不，我不要。"说完继续走自己的路。

黄包车夫拉着车子跟在他后面，一路不停地摇铃。忽然间，拉哈布的脑子里闪出一个念头：也许拉车是这个穷汉唯一的生存手段。拉哈布是个有学问的人，许多概念——资本主义、平等、穷苦人、上帝、劳动分配、农村的赤贫、工业、封建主义等，片刻之间都闪进了他的脑海。他又一次回头看了看那黄包车夫——天哪，他是那样的面黄肌瘦！拉哈布心里顿时对他生出了怜悯之情。

黄包车夫摇着铃铛，又招呼拉哈布道："来吧，先生！我送您，您要去哪里？"

"去希布塔拉，你要多少钱？"

"六便士。"

"好吧，你跟我来！"拉哈布继续步行。

"请上车，先生。"

"跟我走吧！"拉哈布加快了脚步。

拉黄包车的人跟在他后面小跑。时不时地，拉哈布回头对车夫说："跟着我！"

到了希布塔拉，拉哈布从衣兜里掏出六便士递给黄包车夫，说："拿去吧！"

"可您根本没坐车呀。"

"我从不坐黄包车，我认为那是一种犯罪。"

"啊？可您一开始就该告诉我！"车夫的脸上露出一种鄙夷的神情。他擦了擦脸上的汗，拉着车子走开了。

"把这钱拿去吧，它是你应得的！"

"可我不是乞丐！"黄包车夫拉着车，消失在街的拐角处。

向儿子学习

[美国] 丹妮尔·肯尼迪

我儿子丹尼尔从13岁就开始狂热地热爱冲浪，每天上学前放学后，他就穿上湿的泳衣划到冲浪线外，等着接受挑战。有一天中午，他对冲浪的热爱受到了考验。

救生员在电话中对我先生麦可说："你儿子发生意外了！"

"情况有多严重?"

"不大好,当他冲浪冲到浪的顶端时,冲浪板的尖端正对他的眼睛刺过来。"麦可赶快把丹尼尔送到急诊室,然后他们父子就被转到整形医师的办公室,丹尼尔眼睛旁至鼻梁的地方缝了26针。

当丹尼尔的眼睛在缝针时,我在飞机上,正结束演讲准备飞回家。麦可父子俩离开医院后就直接把车子开到机场,他在门口和我打招呼,告诉我丹尼尔在车内等我。

"丹尼尔在车内?"我问道。我记得当时我想到那天的海浪一定不小。

"他发生了意外,但他会好起来的。"

对一个必须经常旅行的职业妇女而言,最糟的噩梦成真了,我快速向车子奔去,以致高跟鞋的跟儿都断了。我打开车门,带眼罩的小儿子俯身向前,对我展开双臂,哭着说:"哦!妈妈,我好高兴你回来了!"

我在他的怀里啜泣,告诉他当救生员打电话来,而自己却不在时的那种内心的自责与难过。

他安慰我说:"妈妈,没关系的,反正你又不知道怎么冲浪。"

"你说什么?"我问道,真的被他的逻辑给搞混了!

"我很快就会好的,医生说我8天后就可以再下水了!"

他疯了吗?我原本想跟他说35岁以前都不准再靠近水,但相反的,我没有说,只祈祷他能永远忘记冲浪这回事。

接下来7天,他一直要我让他再回去冲浪,第八天我坚决地跟他说了第一百次"不",他却以其人之道还治其人之身,把我打败了。

"妈妈,你不是教我们不能放弃自己所热爱的东西吗?"接着他拿给我一件东西以便说服我,那是一首兰斯登·休斯的诗,诗框在画框里,丹尼尔买下来。"因为这首诗让我想起你。"他说。

母亲致爱子

孩子,我要跟你说:

对我而言

生命从来就不是一座水晶的阶梯

上面有钉子

还有碎片

楼梯的木板也支离破碎

地板上也没有地毯

空荡荡一片

但我都一直往上爬

有时到达了，落脚了

有时转弯

有时在黑暗中摸索前进

四处一片漆黑

所以，孩子，你不要回头

也不要坐在阶梯上

就只因为你发现很难走下去

你不能一蹶不振

因为亲爱的，我还要继续走下去

我还要往上爬

生命对我而言

从来就不是一座水晶的阶梯。

我屈服了！

那时候丹尼尔不过是个热爱冲浪的小孩，现在他可是身负重任的成人了，他在世界职业冲浪选手中排名第二十五。

我在远方的城市教导听众一个重要的原则，而就在我家后院，我受到了这个原则的考验，这原则就是"热爱某种东西的人会拥抱他们所喜爱的，而且不放弃"。

🍁 大洋深处的父子俩

[美国] 西汤斯

一天，在离纽约海岸约52海里远的地方，"寻找"号潜水艇正在航行。

潜水员凯瑞盯着窗外海风卷起的巨浪，对即将开始的潜水有些担忧。他知道自己和父亲克里斯将面临严峻的挑战。

在美国潜水界，克里斯父子以勇敢著称。在潜水时，能潜到40米深度的潜水员就已经是英雄，他们却能潜到水下90米的深处。但是没人知道，在这对父子内心的深处，隐藏着难以愈合的伤痛。

克里斯年轻时酷爱潜水，他认识了美丽的苏伊并娶她为妻。在生下儿子凯瑞后，克里斯为了挑战新的潜水深度，丢下妻子和儿子，常年泡在海里。后来，他们夫妻之间出现了裂痕，最终分手了。小凯瑞被判给了父亲。直到凯瑞成为一名优秀的潜水员，他都不能原谅父亲当年对他们母子的冷漠。同样倔强的父亲也不愿意向他妥协。要不是这次沉船探秘的任务有着难以抗拒的诱惑，他们根本就不会在同一个地方，出现在同一条潜水艇上。

按照预定的计划，由凯瑞潜入沉船船舱，克里斯在外面接应。克里斯交给凯瑞一个引线轴，这样无论凯瑞走到哪里，都可以借助引线顺利找到返回的路线。一切准备就绪后，凯瑞摘下他携带的另外两个潜水罐，把它们放在沉船的甲板上，然后像鱼一样游进了船舱。

船舱里显然曾发生过爆炸，被爆炸撕裂的机器设备到处都是，把船舱内部挤成了只有1.5米高、不到3米宽的狭小空间。不一会儿，凯瑞就感觉自己好像是被困在了怪物的洞穴里，有些头晕。他知道自己陷入了轻度的氮昏迷状态。

人类呼吸的空气，原本由78%的氮与21%的氧组成，但人体只能在氧中做新陈代谢，在呼气时排出氮。而在水下，氮却能引起氮昏迷，并随着潜水深度而增加昏迷的程度。潜水界称之为"马提尼酒"理论：每潜水15米深，就如同空腹喝下一杯浓烈的马提尼酒。当克里斯父子潜到沉船的位置时，就如同喝下了四杯半马提尼酒。这是水下最危险的醉酒效应，它能减少和压缩供人呼吸的空气，使人类的神经中枢紊乱，最后引起昏迷。

凯瑞决定尽快完成任务返回，但意想不到的事情发生了：从凯瑞的呼吸面罩里释放出的气泡，触动了沉积多年的泥沙！船舱顶部的锈片开始往下掉，当锈片落到底部时，又使泥沙慢慢向上升起。泥沙锈片使船舱内部一片混浊，他头顶的潜水灯没用了。无论他怎么小心，都不时被船舱里的部件绊住。他的每一个动作都会引起泥沙的翻腾，锈片也不断从天棚上掉下来。他很快就被困在泥沙锈片中了。

在冰冷的海水中，凯瑞折腾了十几分钟，才艰难地通过圆形舱口，进入了控制室。他相信在这里一定埋藏了他们最想找到的航海日志。于是，他用左手牢牢抓住引线轴，腾出右手开始挖掘那些埋在泥沙下面的架子。淤泥再次搅浑了海水，模糊了他的视线。这时，他的手碰到了一个物体。难道是船长的航海日志吗？这一想法使他兴奋起来，他用力地拉扯着那个东西。突然，他感到一个沉重的铁架向他砸来，随后把他压在了底部。惊恐使他吸入了一大口氮气，这更加重了他的昏迷状态。

他知道自己遇上麻烦了，要从压住自己的东西下挣脱出来，他必须得到父亲的帮助。他开始敲船壳，希望这样能通知船外的父亲。随着敲击次数的增加，他的绝望也在增加。他知道，过于用力会使呼吸加快，会用去更多的压缩空气，但他此时已别无选择。

克里斯终于听到儿子发出的求救信号。他顺着引线很快进入了船舱中。他抓住了儿子的胳膊。让他感到意外的是，儿子疯狂地扑打着自己，好像要挣脱什么怪物。克里斯敏锐地发觉儿子已经陷入了氮昏迷，他扶起了压在儿子身上的铁架，拉着他原路返回。但是，由于没有了导引线轴，他们很快就迷失在庞大的废船中。几分钟后克里斯找到了一间扔着桌椅和餐具的船舱。他知道这里是船员生活区，在这附近，就应该有出去的通道。

就在克里斯努力寻找出口的时候，凯瑞突然惊叫起来。在微弱的光线下，克里斯看到儿子被一只粗大柔软的动物触角紧紧缠住了！

章鱼！克里斯恐惧地想到。从它巨大的触须来看，这只章鱼至少有6米多长，属于最凶狠强悍的大章鱼。在它那带有几百个吸盘的有力触须的缠绕下，凯瑞根本动弹不得。他只能不停地挣扎，这样的结果是被缠得更紧。

克里斯急忙做手势让凯瑞冷静下来。接着，他从侧面绕到了章鱼身后。章鱼其余几只触腕在他的潜水镜前晃来晃去，令他暗暗心惊。他知道，章鱼平时看到人会远远躲开，只有在受到惊吓或被激怒时才主动发起攻击。这只大章鱼把沉船当成自己的巢穴，他们父子的入侵激怒了它。现在，它把3只触须黏附在船舱壁上，把嘴和5只触须伸向前方，做好了拼命的准备。

克里斯更加担心，轻度昏迷状态中的凯瑞根本无力摆脱章鱼的束缚，如果不迅速找到另外两个潜水罐补充氧气，他还会因为氮中毒而窒息。情急之中，他来不及细想，用两手抓住了章鱼的一条触须，把它拉向自己。

章鱼被克里斯大胆的挑战激怒，它开始变幻身上的颜色，向他发出警告，同时展开了所有触须，小心地向克里斯逼近。这正是克里斯想要的，他希望以此来转移章鱼的注意力，让它放开没有攻击能力的凯瑞。他知道章鱼致命的部位是两眼间的神经中枢，可是怎样才能摧毁它呢？

章鱼已经向他游来。克里斯向左一闪，章鱼的一只触须扑了个空，它却用另一只触须拦住了克里斯的去路，并迅速地将他的左手和胸部缠住了。眼看自己就要被章鱼擒住，克里斯迅速抽出腰部佩带的尖刀，用力向章鱼脚刺去。章鱼痛得马上收回了触须，然后卷起凯瑞迅速地往后退去。

经过一个回合的交锋，克里斯知道和这个 8 只脚的对手搏斗并不容易，即使割断了它的一只触须，它另外的触须也会很快抓住自己。最好的办法是刺中它的要害。克里斯再次向章鱼接近。愤怒的章鱼也不想放过这个充满威胁的对手。它放开了缠绕凯瑞的触须，将所有触须都同时伸出来，全力进攻克里斯，很快就把克里斯抓在它粗大的触须中。另一边，就快窒息的凯瑞突然感到自己身上的束缚消失了，他又跌到了船舱的底部。他惊讶地看见父亲已经在章鱼的触须中，正做着让他先逃走的手势。

凯瑞一时怔住了。在被章鱼缠住时，他清楚地看见了父亲的每一个举动。父亲完全可以自己逃生，但他为了挽救自己，冒险让章鱼抓住。在凯瑞心里，父亲一直是个自私冷漠的人，但在这生死关头，父亲反而让自己先逃生，他被感动了。他被章鱼缠住差点窒息，他知道如果自己逃走，父亲就有生命危险。凯瑞抽出了尖刀，向章鱼游去。克里斯看见儿子不退反进，急得向儿子做手势："快走！这里危险！"凯瑞打着手势告诉父亲："不，我来救你！"

凯瑞使出浑身力量，将尖刀刺进了章鱼的两眼之间，割断了它的运动神经。章鱼缠住克里斯身体的粗大触须突然无力了，瘫软地垂下。因为用力而吸入大量氮气的凯瑞也无力地倒在了船舱中。

克里斯急忙扶起儿子，把自己的氧气管塞给他呼吸了几口，这样，父子俩轮换着呼吸氧气，四处寻找出口。几分钟后，克里斯终于托着儿子游出了船舱，游到了开阔的海水中。危险总算过去了，可是克里斯发现，原本计划20分钟的潜水，现在已经过去了30多分钟，他们必须马上找到放在沉船甲板上的两个潜水罐，才能有足够的空气来减压。

克里斯绕着船游了一周，找到了那两个救命的潜水罐。他知道因为超过了计划的时间，现在这两个潜水罐里所有的空气也不够一个人减压，他们其中的一个得先浮回水面，从"寻找"号上带来更多的潜水罐。他将潜水罐夹在儿子身上，托着他开始寻找"寻找"号的停泊锚线。

可怕的是，一直到他们快浮上海面，"寻找"号的锚线仍然没找到。克里斯惊恐地发现，他们没有时间继续找下去了。按常规，他们有3个小时的减压时间，他们可以慢慢上浮，在各个深度上停留。可是，如果他们在没有减压的情况下在水里活动，他们全身的血管将像氮气泡一样爆炸。现在，如果他们一直都找不到锚线，即便在水下减压后再上来，他们也会被丢在无边无际的大海上。在波浪起伏的海面上漂浮，这对任何人都是一个威胁，何况海面的风浪足有两三米高，等待他们的还是危险。

当克里斯父子接近海面时，他们潜水罐上的压力指针迅速指向了零。离海面30米时，凯瑞氧气罐里的空气已经耗尽了，于是他打开了父亲给他的备用氧气罐。但氧气罐的皮管不知什么时候被撕坏了，通过管嘴流出来的不是空气，而是水！

克里斯的情形也同样糟糕。他在70米深的水下待了40多分钟，氧气也用光了。因此，父子俩没有第二个选择了，他们只能冒险取消减压升到海面上。他们打开了救生衣，漂浮到海面上。克里斯惊喜地发现，原来"寻找"号就在离他们几百米远的地方！

克里斯托着儿子拼命向潜水艇游去。艇上的人迅速扔出了绳子。克里斯拉着儿子在波涛里漂浮着，直到最后抓住了绳索。当接近艇尾时，他已经呼吸艰难，连话都说不出来一句。但他却放开绳子，围着艇游到舷梯，向艇长喊道："先让凯瑞上去！"人们迅速放下了软梯，克里斯用力将儿子推上了梯子，然后高声叫道："给他减压！"

但此刻再回到水下已经太晚了，"爆炸"威胁着凯瑞的生命。他需要几个小时来排除已经在他体内形成的氮泡。救护人员将氧气罩套在了凯瑞的口鼻上，制造了一个减压舱，然后将他放在深压下，让他慢慢适应地面的压力。

当克里斯知道儿子已经安全后，就完全丧失了继续战斗的力量。他虚弱而平静地说："我要死了，告诉凯瑞和我妻子，我对不住他们，我爱他们。"氮气泡无情地在他体内爆炸了。

救援飞机火速将凯瑞和克里斯送到了145千米外的布罗克医院。还在与生命搏斗的凯瑞全然不知父亲已经死去，在昏迷中，他还挣扎着问："我爸爸怎么样了？"

凯瑞的血管里充满了氮气泡，连注射器抽出的血样里都有泡沫。在模拟18米深水压力状态的纯氧舱内，凯瑞开始感觉到疼痛，这表明他的血液开始循环。医生终于看到了希望，于是他们将纯氧舱内的压力加强到50米深水压力状态，希望随着凯瑞体内血液的完全循环，将会有效地排除体内的氮气泡。第二天下午，凯瑞终于恢复了知觉。

三个月后，黯然神伤的凯瑞将父亲的骨灰和美丽的百合花瓣一起撒进了佛罗里达的魔鬼水下洞群中。凯瑞知道，这是父亲最渴望征服的地方。在凯瑞手中，还捧着一幅他小时候和父母的照片，经历过多年的隔阂和这次的生死经历，他终于理解了父亲一生对于事业的追求，意识到无论多么冷漠孤傲的人，内心始终珍藏着血浓于水的亲情。

流浪老妇

芭比·贝鲁斯坦

我们这区的第五街邮局常有一个流浪老妇逗留。她一口牙齿几乎掉光，衣服污秽不堪，带有尿味，一股异味自远处就可闻到。她总是缩在公共电话旁睡觉，若是睡醒，便语无伦次地喃喃自语。

现在邮局一到六点便关门，这个老妇无处栖身，只得蜷缩在路旁，一

个人自言自语。她的嘴巴呆呆地张着，身上的怪味被微风吹淡了些。感恩节那晚，我们家剩下一大堆食物，我把剩菜打包，然后一个人开车来到了第五街。

这天晚上奇冷无比，寒风将街上的落叶卷起。路上几乎见不到半个人影，只有一些不幸的人暂居在温暖的庇护所，但是我知道我会找到她。

她仍穿得跟以前一样，甚至还穿着夏装；老迈弯曲的身体包裹在温暖的毛毯下，瘦弱的双手抓住宝贵的购物推车，靠着邮局旁游乐场前的铁丝网蹲着。

"她为什么不找个可避风的地方？"我纳闷着，心想她可能已经神志不清到不晓得该找个地方窝起来。

我把车子停在路旁，摇下车窗对着她喊："老婆婆，你要不要……"我顿了一下，因为我突然觉得眼前的她不像是我印象中的那个流浪老妇。

我继续开口："老婆婆，我给你带了些食物来，你想吃点火鸡或是苹果派吗？"

她从毛毯里探出头看着我，一字一句清楚地说，同时下排两颗松动的牙齿颤动着："谢谢你的好意，但我现在已经吃饱了，你还是把这些食物送给真正需要的人吧。"她的话十分清楚，态度诚恳和蔼，完全没有平时神志不清的模样。说完后，她又把头缩了回去，留下我一个人愣在原地。

纽　扣

[日本]　内海隆一郎

在路边上有个无人售货亭。杉田把自家种的萝卜、小油菜、胡萝卜等蔬菜摆在约有半张席大小的货架上。

蔬菜一袋从一百元到二百元不等，买菜的人把硬币投到用铁丝吊着的空罐头盒里即可。

到无人售货亭来买菜的多为农田前面小区或对面公寓里的人。因为这里的蔬菜比站前超市便宜得多，所以每天摆出的蔬菜从来没剩过。

"嗨，又有一个。"

黄昏时，杉田从铁皮盒往外倒硬币时说。他的手指闪着一个比百元硬币大一圈的黑色圆形纽扣。这颗纽扣好像用黑色贝壳做的，中间有呈井字状的四个穿线孔。放在明亮处，纽扣闪着美丽的光泽。

"真不像话，用纽扣代替钱。"

这一个月以来，已经发现三颗同样的纽扣。虽然没什么用处，但扔掉可惜，所以用胶带纸黏在墙上。这是第四颗。

在此以前，发生过几次拿走菜不给钱的事。杉田贴了张纸条，上写"拿菜不付钱就是小偷！"从那以后，再没有丢过菜。

"肯定是看错了。"杉田，生气地想。

用纽扣来换精心种养的蔬菜不合道理。

"准是那个老太太。"

他眼前浮现出在田里干活时经常看到的那个老太太。她清瘦，高个，有点驼背，拄着手杖，摇摇晃晃地走着。从那走路的姿态可以看出，她以前是个风姿绰约的女人。

可是，只要她来买土豆、胡萝卜，钱盒里肯定有纽扣。"她是怎么想的，难道以为纽扣是百元硬币？"

话虽然这样说，但总不能在她往钱盒里投纽扣的刹那间把她抓住。

"也许她真把这纽扣当成了百元硬币。"

杉田看着那纽扣，突然想起了十几年前死去的母亲——妈妈在处理旧衣服和衬衫时，总要把扣子剪下来。各种各样的扣子装了整整一点心盒。

也许这个老太太把扣子盒误认为贮钱箱了！

当杉田平静下来时，许久不见的女儿回来了。

"嗨，这是怎么了？"

女儿兴致勃勃地指着墙上的扣子说。

女儿从设计专科学校毕业后结婚，现在在一家室内装修店打工。

杉田阴沉着脸把事情讲了一遍，女儿两眼闪光。

"给我吧。"

"这是卖菜的钱，一个相当一百元。"

"我给你四百元。"

"什么？扣子值那么多吗？"

"这是用黑蝶贝做的纽扣，雕工也好。原来肯定是用在高级礼服上的。"

"这么贵重？"

"现在买，一个的价钱就能吓你一跳。这样高级的扣子，可以卖……"

杉田边听边想那个老太太走路的姿态。

最好的老师

佚　名

当汤普生夫人站在五年级学生面前时，她撒了一个谎，像绝大多数老师一样，在第一次面对学生时，总是告诉孩子们，将对他们一视同仁。

但事实上，这是不可能的。比如，汤普生夫人就很不喜欢坐在第一排的那个名叫特德的小男孩。汤普生夫人注意到这个孩子很乖张，与其他孩子合不来；他总是穿着一身脏兮兮的衣服，似乎从未洗过澡；他的学习也很不好。每当汤普生夫人的目光落到特德身上，她就会不由自主地皱眉头。

一天，校方要求汤普生夫人必须阅读班上每个孩子的档案。她把特德的那份抽了出来，放在了最后。然而，当她读到这个孩子的评语时，她感到前所未有的震撼。

一年级的老师这样写道："特德是一个聪明的孩子，作业整洁而优美，很有礼貌，总是给大家带来欢乐。"二年级的老师写道："特德很优秀，同学们都很喜欢他。但这孩子很不幸，他妈妈的病已到了晚期。家庭生活对他而言，将是一场考验。"三年级的老师写道："妈妈的死给了他很大打击。虽然他试着尽最大努力，但他的父亲对这些毫不在意。如果不采取措施，那会毁了他的。"四年级的老师写道："特德对学习不感兴趣，他孤僻内向，没有朋友，有时还在课堂上睡大觉。"

直到这时，汤普生夫人才意识到问题所在，她为自己感到羞愧。圣诞节来临，孩子们都送来了精致、漂亮的礼品，煞是惹人喜爱。特德也送来

一份，不过是用一张包装食品的旧褐色包装纸包裹着的。如果在从前，汤普生夫人会不由自主地皱一下眉，而现在，汤普生夫人却感觉心中沉甸甸的。

当汤普生夫人把特德的礼品打开时，她感到一阵心痛。里面是一只缺损了的人造水晶手镯和一只装着小半瓶香水的玻璃瓶。在孩子们的嘲笑声中，汤普生夫人当即把手镯戴上，惊叹道："多美的手镯呀！"随后，她又把特德送的香水洒在手腕处——汤普生夫人的举动止住了孩子们的笑声，全场鸦雀无声。

那天放学后，特德一反常态待了很久，仅仅为了和汤普生夫人讲一句话。他说："老师，今天你的样子和我妈妈一样，她常常像你那样，闻我送她的香水。"

孩子走了以后，汤普生夫人哭了至少一个小时。从这天开始，汤普生夫人的教师工作多了一项内容：用不同的方式鼓励、诱导孩子们。汤普生夫人对特德给予特别的关注。现在，特德只要和她在一起，他的思维好像就一下活跃起来。她越是鼓励他，他的反应就越敏锐。

学年结束的时候，特德已经成为班上最聪明的孩子中的一员。不过，汤普生夫人"一视同仁"的诺言始终没有兑现——从前，特德是她的"弃儿"，现在则成了她的"宠儿"。一年以后，她在自家的门缝里发现了一封信，是特德写的。在信中，特德告诉她，她是他一生中遇到过的最好的老师。

六年过去了，汤普生夫人收到特德的第二封信。他写道，他已经高中毕业，在班上名列第三。转眼又是四年，汤普生夫人再次收到特德的信。特德说日子很艰难，但他顽强地抗争着，很快他就要以最优秀的毕业生身份离开学校。又过了几年，一封信又不期而至。这一次特德的署名稍稍长了一点，前面冠以医学博士的字样。虽然特德每次来信的内容不尽相同，但每次他在信中都会对汤普生夫人说同样一句话：你是我一生中遇到的最好的老师。

故事还没有结束。就在那年春天，汤普生夫人又接到一封来信。特德说他遇上了一个好姑娘，并且快要结婚了。他想知道汤普生夫人愿不愿意

在他结婚那天，坐在新郎母亲通常坐的那个位置上。当然，汤普生夫人答应了。

就在那一天，汤普生夫人特意戴上那缺损了的人造水晶手镯，喷上那只玻璃瓶里的香水。他们拥抱在一起。特德在汤普生夫人耳边轻轻说道："谢谢，多谢你的信任，汤普生夫人。是你让我意识到自己很重要，并明了自己的确可以非同一般。"

汤普生夫人含着泪花，大声说："你错了，特德。你才是那个使我意识到自己很重要的人。在遇到你之前，我根本不知道怎样教我的学生。"

此刻，暖流经过每个人的心田。

爸爸的老师

佚　名

昨天，我同爸爸的旅行是多么得开心啊！事情的经过是这样的：前天吃饭的时候，爸爸正在看报。突然，他吃惊地说："我以为他20年前就不在人世了呢！你们知道吗？我小学一年级时的老师文森佐·克洛塞提已经84岁了！你们瞧，报上说部长授给他一枚勋章。60年，你们想想看！他两年前还在教书呢。可怜的克洛塞提！他就住在昆多佛，从这儿坐火车去只要一个小时。恩里科，明天我们就去看看他。"

那一整个晚上他除了老师就没谈别的。老师的名字让他想起了自己儿时的往事、儿时的伙伴，还有他死去了的母亲。"克洛塞提！"他兴致勃勃地说，"我在他班级里的时候他才40岁呢。我现在还记得他的样子，他个头不高，那会儿就有点驼背，两只眼睛很有神，胡子总是刮得很干净。他虽很严肃，却是个很好的老师，即使我们有什么过错，他也总是能原谅我们。他是靠着勤奋苦读才从一个农民变成一名教师的。他是个好人。我的母亲很敬重他，我的父亲把他当成一个朋友。他怎么会到离塔林不远的昆多佛去度晚年的呢？他肯定已经不认识我了。没关系，我还能认出他来。44年过去了——44年啊，恩里科！我们明天就去看他。"

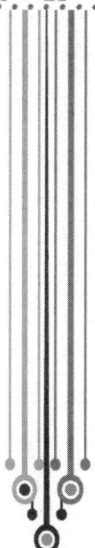

昨天上午 9 点钟的时候，我们来到了火车站。我原想让加伦也去的，可他没能来，他的母亲病了。

那是个美丽的春日。火车驰过绿色的田野，两旁树篱上的花儿都开了，我们呼吸到的空气中都充满了花香。爸爸兴致很高，他不时把胳膊围在我的颈上，一边凝视着车窗外的原野，一边朋友似的同我说话。

"可怜的克洛塞提！"他说，"除了我的父亲，他是最爱我而且对我最好的人了。我永远也不会忘记他对我的那些教诲，有一次被老师斥责而难过地跑回家的情形，至今还深深地印在脑海里。老师的手很粗大，老师的神情至今还历历在目。他平常总是静静地走进教室，把手杖放在屋角，把外套挂在衣架上，无论何时，他总是很真诚、很热心地对待我们，什么事情都尽心尽力，像第一次上课那样认真。我现在似乎还听得见他对我说：'波提尼！用食指和中指这样握笔才对！'44 年了，老师恐怕变很多了。"

我们一到昆多佛就去打听老人的住处，不一会就打听到了，因为在这里的每一个人都认识他。

我们离开街市，走上一条两边盛开鲜花的小路。

爸爸不再说话，完全沉浸在对往事的回忆中，不时地微笑着，不时地摇着头。

突然，他停住了脚步，说："是他！我敢打赌，那肯定是他。"小路那头，一个小个子的白发老人正向我们走来。他戴了一顶大帽子，拄着拐杖，走路的样子好像很吃力，双手也在颤抖。

"就是他！"爸爸又说了一遍，加快了脚步。

走近他的时候，我们停住了脚步。那老人也站住了，他看着爸爸。老人的脸色依然红润，双眼流露着慈祥的光辉。

"您是——"爸爸脱了帽子，"文森佐·克洛塞提老师吗？"

老人也脱帽还礼，回答说："我是。"他的声音有些颤抖，却依然饱满。

爸爸握住老人的手，说："我是老师从前教过的学生，老师好吗？我是从塔林来这儿看您的。"

老人惊异地望着他。过了一会儿，他说："您太客气了。我不知道——您是我什么时候的学生？请原谅，您能告诉我您的名字吗？"

爸爸说了自己的名字——阿尔柏托·波提尼，还说了自己上学的地方和时间。然后，他说："您不记得我了，这个很自然。可我却还能认出您来！"

老师低下头，盯着地面，嘴里念叨着爸爸的名字，爸爸微笑着望着老师。

忽然，老人抬起了头，他的双眼大睁着，缓缓地问道："阿尔柏托·波提尼？工程师波提尼的儿子？住在康斯拉塔的那个？"

"没错！"爸爸说着伸出手去。

"啊，真对不起！"老人说着走上前来拥住了爸爸。他那满是白发的头刚到爸爸的肩膀。爸爸把自己的脸贴在老师的额头上。

"请跟我来。"老师说着，转身领我们向他的家走去。

没走几分钟我们就来到一个前面有个小小的庭院的小房子前面。

老师打开门，把我们让进他的家里。小屋里四壁都粉刷得雪白，房间一角摆了一张帆布床，床上铺着蓝白方格的床单，房间另一角摆了一张书桌和一个书柜。屋里还有四把椅子，墙上钉了一张很旧的地图。小屋里弥漫着一股苹果的甜香。

我们三个人都坐下了，有一会儿爸爸和他的老师沉默不语。

"波提尼！"老师看着阳光照射的地板，说，"噢！我这会儿记起来了！您的母亲是一位好母亲！你上一年级的时候是坐在左边靠近窗户的板凳上。我还记得你那会儿长着一头卷发。"然后，他又沉思了一会儿说，"你是个很活泼的小家伙，在二年级的那年，你得了扁桃腺炎。我还记得他们把你重新送到教室来的时候，你那么虚弱，裹在一个大围巾里。四十多年过去了，是吗？你真好，还能记着你这可怜的老师。你知道吗？从前的学生来找过我的很多，其中有当了上校的，有做了牧师的，还有些是绅士。"然后他询问了爸爸现在所从事的职业。接着，他说，"我真高兴，从心底里高兴。谢谢你了。我有很长时间没有客人来访了。恐怕你是最后一个了。"

"您别这么说。"爸爸激动地说，"您还很健康，您不该这么说。"

"不，不！你看到这双手了吗？抖得这么厉害，这是个坏兆头。三年前它们就这样了，那时我还在教书呢。起初我并没在意，我以为会好的，不料渐渐严重了起来，终于有一天，我不能写字了。唉！那一天，我生平第

一次在学生的作业本上滴了一大滴墨水，我心里难过极了！这以后又勉强支持了一段时间。可我已经不大能胜任工作了。教了60年的书，我终于不得不离开了我的教室，离开了我的学生，离开了我的工作。这很困难，你明白吗，很困难。我上完最后一堂课的时候，班上所有的学生都来送我回家，还说了许多热情的话，可我还是非常伤心。我知道自己的生命就此结束了。我一年前失去了妻子和我们唯一的儿子，现在我只有两个当农民的孙子了。我靠几个养老金过活，我什么也做不了，我觉得日子像总也到不了头似的。我现在唯一的活动就是翻翻过去的课本，或是重读日记，或是阅读别人送给我的书，都在这里呢。"他说着指了指那个小书柜，"它们是我的记忆，是我全部的过去，在这个世界上我再也没有别的什么东西了。"然后，他的语气忽然显得高兴了起来，"吓你一跳吧！亲爱的波提尼先生。"

他站了起来，走到书桌前，把那长抽屉打开，里面有许多纸卷，全都用一种细绳子捆扎着，上面写着不同的年份。

他翻找了一会儿，然后打开其中一卷，翻了几页，从中抽出一张发黄了的纸递给了爸爸。这是他40年前的作业。

在这页纸的上端写着："阿尔柏托·波提尼，听写。1838年4月3日。"爸爸仔细端详着这写着小孩笔迹的纸片，不禁笑中带泪。我站起身来问他怎么了。

爸爸伸出一只胳膊搂住我说："你看看这页作业。看到了吗？这些都是我那可怜的母亲给我改的。她总是把我写的'l'和't'那一竖拉长，最后这几行全是她写的，她会模仿我的笔迹，那时我疲倦地睡着了，她替我写的。"

说着他亲吻了那页纸。

"瞧这儿。"老师又拿出另外一束来，"这些就是我的纪念册。每一年我都会留着我的每一个学生的一页作业，写上日期并且按时间的先后顺序排好。我每一次这样打开它们的时候，似乎又生活在过去那些岁月里了。啊！多少年！只要一闭上眼睛我就又看到那一张张小脸，一个个班级。谁能知道他们中有多少已不在人世了呢！有些孩子我还能清楚地记得，我记得最清楚的是那些最好的和最差的，给我快乐和让我伤心的学生。在这么多的

学生里，肯定会有很坏的！但是现在，我似乎已经是生活在另外一个世界里的人了，无论好的坏的，我都同样爱着他们。"

他又重新坐了下来，握住了我的手。

爸爸微笑着说："您是不是还记得我那时的恶作剧？"

拯救纽约

[美国] 阿特·布彻沃德

一天，我和一个朋友坐着出租车在纽约市里行驶，当我们下车时，我的朋友对司机说："谢谢你给我们开车，你的驾驶技术真是好极了！"

司机愣了一下，停顿了片刻，迟疑地问："这话是什么意思？你是个聪明人还是个特殊的人？"

"不，亲爱的朋友，我可不是讨好你。你在道路堵塞时能那样冷静，这可不是一般人能做得到的。我很佩服你。"

司机半信半疑地说句"是吗"就开车走了。

"你这是干什么呀？"

"我要把爱带回纽约市。这是能拯救纽约的唯一办法。"我的朋友说。

"一个人能拯救纽约……你可真是疯了。"

"不是我一个人，还有这位司机。设想他拉了二十位乘客，由于有人对他很好，他也会善待二十位乘客，而这二十位乘客也会友善地对待他们的同事、下属、商店雇员以及所有为他们服务的人，包括他们自己的家人。这种友善将延伸到一千个人身上，这总不是一件坏事吧！"

"你把所有的结果都押在一个出租汽车司机身上，这怎么可能？"我说。

"当然不是这样。但是，我每天，至少会面对十个完全不同的人，如果我能使其中三个高兴，就可以间接地影响到三千多人的态度。"我承认："在理论上听起来是对的，但在事实上恐怕就不是这么回事了。"

我的朋友却坦然地说："即使它不能实现，我也没有任何损失，就算对方是个聋哑人，又有什么关系呢？明天，我还会碰到另一个出租汽车司机，我将努力使他高兴。"

"你可真让人费解,傻瓜才这么想,这么干。"我淡淡地说。朋友立刻说:"这说明你已经变得多么玩世不恭了。我对此做过研究,除了金钱之外,这里缺乏一种十分可贵的东西,没有人告诉我在邮局工作的员工们,他们的工作做得多么好。"

"但他们做得并不好呀。"

"你知道这是为什么吗?就是因为他们觉得没有人关心他们做得好与不好。怎么就不能有人夸奖他们几句呢?"

我俩边说边走过一片施工的工地,几个工人正在吃午餐。我的朋友停下来对他们说:"你们干的工作真了不起,这活儿一定既困难又危险。"

工人们疑惑地看着他。他又问:"什么时候完工?"

"六月份。"

"噢!这可真让人兴奋,你们一定很自豪!"他边说边同我一起走开了。

我说:"自从《外里人》以来,我还真从来没见过你这样的人。"

他却信心十足地说:"当这些人领悟了我的话,他们将会对工作有另一种感觉。这样,从他们的愉快的工作情绪中,城市将受到益处。"

"但你不可能独立完成这项计划。"我断言。

"重要的是一定要鼓励这些人。要使生活在城市里的人们重新变为友爱、和蔼不是件容易的事,如果我能号召,吸引其他人加入我的行动中……"

"你刚才是在向一个长得非常丑的妇女眨眼睛吗?"我打断他的话说。

"是的,我知道。"他回答道,"如果她是一个学校老师,她的班级将有非常美好的一天。"

你们都是最优秀的

佚 名

我开始教学生涯的第一天,先上的几节课还顺利。我于是断言,当教师是件容易的事。接着,轮到了我那天的最后一节课——给7班上课。

当我朝教室走去时，我听见了桌椅乒乒乓乓的撞击声。我走进教室，见一个男孩将另一个男孩按在地板上。"听着，你这个低能儿。"被压在底下者嚷道，"我又没骂你妹妹！"

"不许你碰她！你听到我的话了么？"骑在上面的男孩威胁道。

我用黑板擦在讲桌上拍了拍，让他们停止打斗，刹那间，14 双眼睛刷地一下集中到我脸上。我意识到自己没什么震慑力。那两个男孩悻悻地爬起来，慢条斯理地走到自己座位上。这时，走廊对面教室的老师把头伸进门来，呵斥我的学生坐下，闭上嘴巴。我感到无能为力，被冷落在一边。

我尽力讲授我备好的课，但遇到的却是一片谨慎戒备的面孔。下课后，我拦住了打架的那个男孩，他叫马克。"太太，甭浪费时间喽！"他对我说，"我们是低能儿。"说罢便悠哉悠哉地溜出了教室。

我一听顿时瞠目结舌，颓然跌坐在椅子上，开始怀疑我究竟是否该当教师。像这样尴尬地收场，难道是解决问题的办法么？我对自己说，我姑且忍耐一年——待翌年夏天结婚后，我将去做更有收益的事情。

"他们让你为难了，是不是？"先前进来干涉的那位同事问。

我点点头。

"别犯愁，"他说，"我在暑期补习班教过其中许多人。他们中的大部分都毕不了业，我劝你不要把时间浪费在那帮孩子身上。"

"你的意思是……"

"他们生活在田间的小棚屋里，他们是随季节流动的摘棉工的孩子，只有在心血来潮时，他们才会来上学。昨天摘蚕豆时，挨揍的那男孩招惹了马克的妹妹，哥哥便叫人报复。今天吃午饭时，非叫他们闭嘴不可。你只需让他们有点事做，保持安静就行了。如果他们惹麻烦，就打发他们来见我。"

当我收拾东西回家时，总忘不了马克说"我们是低能儿"时脸上的表情。低能儿！这字眼在我脑海里反复出现。我琢磨了许久，认为必须采取点戏剧性的行动。

次日下午，我请求那位同事别再进我教室来，我要按照自己的方式来管束这些孩子。我返回教室，逐个打量着学生们。然后，我走到黑板跟前，写上"丝妮珍"。

"这是我的名字。"我说，"你们能告诉我它是什么吗?"

孩子们说我的名字挺古怪的，他们以前从没见过那样的名儿。于是，我又走近黑板，这次我写的是"珍妮丝"。几个学生当即脱口念出声来，随后蛮有兴趣地说那就是我。

"你们说得对，我的名字叫珍妮丝。"我说，"我刚上学时，老把自己的名字写错。我不会拼读词语，数字在我脑海里浮游不定。我被人称做'低能儿'。对了，我是个'低能儿'。我至今依然能听见那些可怕的声音，感到羞惭不已。"

"那你是如何成为老师的?"有个学生问。

"因为我恨那外号。我脑子一点也不笨，我最爱学习，所以才会在今天给你们上课。倘若你们喜欢'低能儿'这贬称，那么你们尽可以走，换个班好了。这间教室里没有低能儿!

"我不会迁就你们。"我继续说，"你们要加倍努力，直到你们赶上来。你们将会以优异的成绩毕业，我还希望你们当中有人接着读大学。这可不是开玩笑，而是许诺。在这间教室里，我再也不想听到'低能儿'这词儿了。因为，你们都是最优秀的! 你们明白了吗?"

这时，我发现他们似乎坐得端正些了。

他们确实非常努力。时隔不久，我便看到了希望。尤其是马克，相当聪明。我听他在走廊内对另一个男孩说："这本书真好，我们原先从没看过小人书。"他手里拿着一本《杀死模仿鸟》。

几个月眨眼就过去了，孩子们的进步令人吃惊。有一天，马克说："人家认为我们笨，还不是因为我们讲话不合规范?"这正是我期待已久的时刻。从此，我们可以专心学习语法了，因为他们需要它。

眼看6月日益临近，我心头好难过：他们要学的东西实在太多了。我的学生都知道我即将结婚，离开这个州。每逢我提起这事，7班的学生们便明显躁动不安起来。我为他们喜欢我而高兴。但是我就要离开这所学校了，他们会生我的气么?

我最后一天去上课时，一走进大楼，校长就招呼我："请你跟我来，好吗?"他面无表情地说，"你教室里出了点蹊跷事。"他径自直视前方，带着我穿过走廊。我暗自纳闷：这次又是怎么啦？

嗬！7班的教室外边，14名同学整齐地站成两排，个个笑逐颜开。"安德逊小姐，"马克不无自豪地说，"2班送给您玫瑰，3班送给您胸花——然而，我们更爱您。"他示意我进门，我凝神往里头瞧去。

好绚烂缤纷啊！教室的每个角落都摆着花枝，学生们的课桌上放着花束，我的讲桌铺了一块大大的花"毯"。我分外惊讶：他们是怎么办成这事的？要知道他们大多来自贫困家庭，为了吃饱穿暖得靠学校补助。

此情此景让我抽泣起来。他们也跟着失声我哭了起来。

后来，我才弄清楚他们办这事的经过。马克周末在当地花店干活时，看到了别的几个班为我订的鲜花，于是向同学们提到它。这个自尊心极强的孩子，再不能忍受"穷光蛋"这类带侮辱性的称呼。为此，他央求花店老板将店里不新鲜的花统统给他。尔后，他又打电话到殡仪馆，解释说他们班需要花为即将离任的老师送行。对方颇受感动，同意把每次葬礼后省下的花束给他。

那远不是他们给我的唯一礼物。两年后，14名同学全都毕业了，其中还有6人获得了大学奖学金。

20年后，我在一所著名的大学任教，距我当年任教的那地方不太远。我获悉，马克跟他的大学情人喜结良缘，并成为一位成功的企业家。更凑巧的是，三年前，马克的儿子进了由我执教的优秀生英文班。

每当我回忆起那一天被学生顶撞，自己居然想放弃这一职业，去做"更有收益"的事情时，我就禁不住哑然失笑。

水兵的圣诞礼物

[德国] 威廉·里德洛

圣诞节前夕，我和妻子及三个孩子去了法国。一次，从巴黎到尼斯去，一连五天事事不顺：下榻的旅店勒索敲诈，租来的汽车又出了毛病，令人懊丧。圣诞之夜，我们住进了一家又脏又暗的小旅店，心中早无欢度圣诞

节的兴致。

天气寒冷，阴雨绵绵，我们出外就餐，走进一家装潢草率、毫无生气的小饭铺。铺内油腻味特别重，只有五张饭桌，一对德国夫妇、两家法国人，还有一个没带伙伴的美国水兵。角落里坐着一位钢琴手，无精打采地弹奏着一首圣诞乐曲。

我心灰意懒，情绪低落，环顾四周，发现其他顾客也都默默地吃着饭，只有那位美国水兵似乎心情特佳，他一边用餐，一边写信，脸上露出笑意。

妻子用法语点了饭菜，可端上来的却是另外的东西，我责备妻子，她抽抽搭搭地呜咽起来，孩子们站在妈妈一边护着她。我的心真是乱极了。

坐在我左边的那一家法国人，做父亲的因为一点儿鸡毛蒜皮的小事动手打了小孩，小孩开始号啕大哭；右面，德国女人训斥起她的丈夫来。

这时，一股毫无清新之意、令人生厌的冷空气涌进屋内，大家不约而同地抬起了头——正门走进一个上了年纪的法国卖花女，她身穿一件旧外衣，水淋淋的，一双破烂的鞋子也湿透了。她挎着一篮花，从一张饭桌挪向另一张饭桌。

"买花吗，先生？只要一法郎。"

众人无动于衷。卖花女疲惫地坐在美国水兵和我们之间的桌子旁，朝店员喊道："来一碗汤！整个下午连一束花也没卖出去。"她又声音嘶哑地向钢琴手抱怨，"约瑟夫，圣诞前夕喝汤，你说是啥滋味？"

钢琴手指指空荡荡的钱匣子。

年轻的水兵用完了餐，起身准备离开。他穿好衣服，走到卖花女的桌旁。

"圣诞快乐！"他微笑着挑出两束胸花，"多少钱？"

水兵将其中一束小巧的胸花压平，夹在写完的信中，然后交给卖花女一张二十法郎的钞票。

"我没零钱，找不开，先生！"她说，"我跟店里的伙计先借一点儿。"

"不必了，夫人。"水兵俯身亲吻了一下她那苍老的面容，"这是我赠送给您的圣诞礼物。"

接着，他直起身，将另一束胸花拿在胸前，来到我们桌旁。"先生！"他对我说："我可以将这花献给您漂亮的女儿吗？"

他迅速将花递给我的妻子，祝愿我们圣诞快乐后便离开了店铺。

在座的每一个人都停止了用餐，望着水兵，寂静无声，转眼间，圣诞节的气氛像爆竹一样在店内骤然作响。年老的卖花女跳起来，挥动二十法郎，蹒跚地走到屋子中央，欢快起舞，并冲着钢琴手嚷嚷："约瑟夫，我的圣诞礼物！另一半归你，你也可以痛痛快快吃一顿了！"

约瑟夫急速弹奏《开明国王温西斯丽思》，他的十指魔术般地按着琴键，脑袋伴随节奏晃动不止。

我妻子不失时机，随着音乐挥舞胸花。她热泪盈眶，容光焕发，仿佛年轻了二十岁。她开始歌唱，三个孩子也与妈妈一道纵情高歌。

"妙，太妙了！"德国人大声叫喊，他们跳到椅子上，唱开了德国歌曲；店员搂抱着卖花女，摆动臂膀，用法语一展歌喉；动手揍孩子的那个法国人用餐叉敲击酒瓶打拍子，他的小孩骑在爸爸的膝上，咿咿呀呀；德国人为每一位顾客订了酒并亲自送上前来，与大家紧紧拥抱；另一家法国人要来香槟，逐桌敬酒，亲吻大家的双颊。店内开始高唱《第一个圣诞节》。我们都放开歌喉，一半人还哭了。

行人从街上拥入店内，许多人都无法入座。大家合着圣诞颂歌的节拍手舞足蹈，墙壁也随之震动。

在这个装饰简陋的饭铺内，一个原本让人沮丧的夜晚变成了最好的圣诞之夜。我们能拥有这样的经历，完全是因为遇见一位心中"圣情"不灭的年轻水兵，他把我们因恼怒和失望而压抑着的爱情与欢乐释放了出来。他赠予了我们这个完美的圣诞节！